点亮心灯
——青少年必读的励志美文

无人时唱歌给梦想听
Wurenshi Changge Gei Mengxiang Ting

周华诚 ○ 著

时代出版传媒股份有限公司
安徽教育出版社

图书在版编目（CIP）数据

无人时唱歌给梦想听 / 周华诚著. —合肥：安徽教育出版社，2011.6
ISBN 978-7-5336-6164-9

Ⅰ.①无… Ⅱ.①周… Ⅲ.①随笔—作品集—中国—当代 Ⅳ.①I267.1

中国版本图书馆 CIP 数据核字（2011）第 101481 号

书名：无人时唱歌给梦想听　　　　　　　　　作者：周华诚

出 版 人：朱智润
责任编辑：徐　鹏　　　　责任印制：何惠菊　　　　装帧设计：朱　锦

出版发行：时代出版传媒股份有限公司　　http://www.press-mart.com
　　　　　安徽教育出版社　　http://www.ahep.com.cn
　　　　　（合肥市繁华大道西路 398 号，邮编：230601）
　　　　　营销部电话：(0551)3683010,3683011,3683015
排　　版：安徽创艺彩色制版有限责任公司
印　　刷：安徽新华印刷股份有限公司　　电话：(0551)5859480
（如发现印装质量问题，影响阅读，请与印刷厂商联系调换）

开本：880×1230　1/32　　印张：9.25　　字数：200 千字
版次：2013 年 1 月第 2 版　　2013 年 1 月第 1 次印刷

ISBN 978-7-5336-6164-9　　　　　　　　　　　　　定价：16.00 元

版权所有，侵权必究

目录

一 没有雨伞的孩子必须努力奔跑 001

没有雨伞的孩子必须努力奔跑 003
母亲的三句话 006
给地下室画一扇窗 010
没什么可以封挡你的口哨 013
开出一条路来 016
被迫坚强 019
青春路上不怕黑 033
异想天开 045
打工的日子 058

二 斯里兰卡的空气 065

让我为你唱支歌 067
斯里兰卡的空气 070
半枝铅笔的温暖 074
猪场的快乐时光 076
万米高空上的情书 080

我可以吻你吗　*084*
　　　　五子棋　*086*
　　那一刻,你念着谁　*088*
　　　他只看一眼　*091*
　　只怪夜色太美丽　*094*
　　　　帘后青春　*098*
　穿过 40 万米去看你　*101*
　　　　行走的爱　*103*
　　　　流年知道　*105*
　　　　邮寄的爱情　*107*
　　　怀念暗恋年代　*109*
　一臂之外的 5 厘米　*111*
　　　　　山核桃　*113*

三　有些事,年轻时不懂　*121*

　　有些事,年轻时不懂　*123*
　　　　　母亲的心　*125*
　　　她的名字叫妈妈　*128*
　　　　　　蟹脚　*132*
　　　　　　杨梅　*134*
　　　　　童年的秘密　*137*
　　　母亲走过油菜地　*144*
　　　　父亲大人在上　*147*

　　　　　　　回家的意义　　149
　　　　　　　母亲的电话　　152
　　　　　　　父亲　　154

　　四　无人时唱歌给梦想听　　157

　　　　　　　礼物　　159
　　　　　　　情定火锅店　　162
　　　　　　　我知道那天你干了什么　　165
　　　　　　　变脸　　170
　　　　　　　二线明星　　173
　　　　　　　姑娘，你的砖头掉了　　176
　　　　　　　那个熟悉的陌生人　　179
　　　　　　　沈先生　　181
　　　　　　　时间为幸福停顿　　184
　　　　　　　午间场　　186
　　　　　　　傻帽朋友　　188
　　　　　　　你没那么多观众　　191
　　　　　　　有故事的人　　194
　　　　　　　一院桂香　　197
　　　　　　　七月在野　　199
　　　　　　　你记得这城市的哪个角落　　202
　　　　　　　雷老师的菜地　　205
　　　　　　　你怎么猜得到十年后的酒　　208

无人时唱歌给梦想听　211

五　一天收获几斤快乐　215

快乐拾荒者　217
失恋是一次免疫接种　219
远离,远离　222
穿透时间的情爱　225
西湖边的情人们　227
在火车上　230
爱情拼图　233
聆听风的足音　235
暖场歌手　242
雁渡寒潭　245
你看,我也落魄　247
一天收获几斤快乐　249
吃苦　251

六　渐行渐远的村庄　253

舌尖上的春天　255
艾香如故　258
秋天,一窝番薯活蹦乱跳　260
谁人春出香甜长　262

秋的味道 *265*
芭蕉尾 *267*
想起童年的红蜻蜓和天牛们 *269*
煎红椒 *272*
亲爱的白菜 *275*
板栗从秋天跌落 *277*
乡村酒席上的肉 *279*
老南瓜和南瓜花 *282*
愈野愈有味 *284*
记忆中的草香 *288*

一　没有雨伞的孩子必须努力奔跑

没有雨伞的孩子必须努力奔跑

小时候,我家里很穷。母亲在我三岁那年,离家出走打工,十几年没有回过家。

我叫孔令首。我读书的钱都是向村里的大叔大伯们借的。后来,一位城里的阿姨通过希望工程和我结成了对子,资助我上学。我还记得上初二时,夏天到了,我唯一的一双布鞋破了,脚趾头露了出来。有一次体育课,为了不让同学们笑话,我偷偷地把半张报纸折好,垫进鞋子里。可是在跳远时,我用力一蹬,随着溅起的黄沙,那双鞋终于寿终正寝了——鞋帮与鞋底脱离,半个脚掌露了出来。

"轰"的一声,同学们都笑起来,我面红耳赤。

我知道家里穷,不敢向父亲开口要钱。同学们都穿着漂亮的凉鞋,而我只能一直赤脚上学,那时我多想拥有一双塑料凉鞋啊!

有一天傍晚,放学后,班主任程老师把我叫到办公室,拿出一份试卷说我数学考了100分。我高兴极了。程老师拉开抽屈,掏出一个纸盒,笑着说:"拿去吧,这是你的奖品!"我打开一看,竟然是一双凉鞋。我的心顿时温暖起来。

填报大学志愿时,我很矛盾。家里的情况,只允许我上军校,因为上军校是免学费的。但我内心却想当一名演员。

在学校,我参加过好几个社团,也经常给同学们表演快板、小品什么的。可是我不会跳舞,不会弹钢琴,没练过形体,也不会声乐。去问程老师,他说:"你嗓子好,可以试试考表演。"离考试只有一个月。我就跟着程老师学,对着VCD学。没想到考试时,我表演了一段快板,竟然大受考官们好评。

我就这样进了"北广"。那年全国有8000多人竞争20个名额,而我这样一个农村小子,除了一腔热情,啥也没有。

来北京上大学以前,我什么都不懂,什么都没有。电影都没看过几部,邻居家里的黑白电视机,也只能收到一个台。来到北京,才见到那么多高楼,才知道地铁,一开始和人说话都紧张……但是我告诉自己,要挺住,要坚强。刚进校时,班里23个人,我排在第16名,一年下来,我成为第1名。

为了供我上大学,家里贷了4万元的款。4万元对我家来说,是一个天文数字,还要加上利息。那几年,我背负着一种沉重的压力,它也成了我努力奋斗的动力。

从大一开始,我就一边打工,一边挣自己的生活费。给公司搞商业演出,或者组织学校里的演出。最早给一些电影电视剧当群众演员,早上5点半就等在制片厂门口,一车拉到拍摄地点,给人当牛使,半夜了再用车拉回来。20元一天的,我也做过。

同学中,几乎都是城市考去的,有的同学家境很好,或者出自艺术世家,吃穿不用愁,机会不用愁。我什么都没有,我必须从演每一个小角色做起。演完时,导演能问一下你的名字,那就是最大的成功,因为也许下次有更大的机会。

这几年,想当演员的人太多了,僧多粥少,对于我这样的学生,几乎没有机会。大家都是从跑龙套做起的,可能只是个路人甲、官兵乙,什么台词也没有,从镜头前一晃而过。但是我对每一件事都投入百分之百的心力去做,珍惜每一个角色,表现自己,证明自己。

直到现在,我还珍藏着那双凉鞋。我一直记得程老师对我说过的话:"你是一个没有雨伞的孩子,下大雨时,人家可以撑伞慢慢走,但你必须努力奔跑……"

是的,我会一直跑下去。

母亲的三句话

母亲没什么文化,小学只念到三年级,也没出过远门,几十年只在小山村里跟着日升日落忙活。然而,母亲常常能说出一些很有道理的话来。在心中,我牢记着母亲的三句话。因为这三句话,深深地影响了我的成长!

说不冷不冷,也就不冷了。

小时候,每年冬天都要下好大的雪,铺得漫山遍野白雪皑皑。为了让家里养的两头猪能在年前卖个好价钱,母亲每天都要给猪们喂得饱饱的。尽管下了雪,母亲也每天都要到白雪覆盖的地里去砍一担白菜回来。有一次我跟母亲到地里去。空旷的野地里北风呼啸,刮得人裸露的皮肤生疼。我们从雪层下扒出白菜,只一下两下,我的手就冷得刺骨,似有万剑穿心。偷偷看母亲,却见她一点也没有冷的意思,哗啦哗啦地扒开结冰的雪层,拔出已被冻结的白菜,扔到雪地上去。我又扒了几下,实在忍受不了,便袖手站在一旁,问母亲不冷么。母亲答道,不冷。

见我很惊讶,母亲继续说,对自己说不冷不冷,也就不冷了。

我听得一下怔在那里。忽然我第一次懂得了母亲。我学着母亲的样子弯身下去,一下,两下,三下,我们扒开厚厚的雪层,掘出一棵又一棵白菜。每一下,我咬着牙对自己说,不冷,不冷。

当母亲跟我把满满一担白菜堆起来的时候,我们把冰块一样的双手拢在一起搓着。母亲把我的手放到肚皮前的毛衣里暖着,不知是泪水还是雪花朦胧了我的眼睛。

从此以后,每当我遇到困难时,都会记起雪地的母亲。我会轻轻地但坚定地对自己说:不冷不冷。就是这句话,伴我走过人生中一个又一个冬季。

别把绳子牵得太紧

黄昏时我把牛从五里外的邻村牵回家。那时候我还没学会骑在牛背上赶牛,我只会在前面远远地拉着牛绳走。天就要黑了,我心里就开始着急。然而这牛却跟我作对——我牵得紧,牛却偏要走得慢。我用力拉,它就使上性子就是不肯迈步。这牛脾气!我只好一边骂牛一边心急。

眼看着天色越来越黑,沿路的村庄里昏暗的灯一盏盏都亮了起来。我心一急,就从路旁折了一根薪条,绕到牛屁股后面狠狠地抽了它一下。这下可好,牛一惊,挣脱了牵在我手中的缰绳就向前狂奔起来。

当我没命地跑了半个多小时终于赶上牛的时候,牛正悠闲地停在村口的路边吃草。母亲也站在那里等我。当我把牵牛的事一说,母亲反倒开始笑我了,母亲说:你把绳子牵得太紧,牛鼻子就疼,牛鼻子疼了,它当然不会跟你走了!

我恍然大悟。

18岁那年的高考,由于我思想压力太重,平时成绩一直名列前茅的我竟失利了。后来母亲跟我说,别把考大学看得跟命一样重!想起你小时候牵牛的事么?绳子牵得太紧,牛反倒不跟你走了!

第二年的夏天,我终于以优异的成绩被江南一所著名大学的中文系录取。离家上学那天,母亲送我到村口,眼睛红红地对我说:你现在长大了,我不能把你永远拴在身边……

没事儿时你就小声唱歌

毕业后到一个企业里工作,由于对工作不是很满意,心里觉得很委屈。自己好歹也是一中文系高材生,没想到竟找了份看老板脸色的工作!两个月后的一天,老板批评我整天板着脸孔竟还要扣我奖金时,我一时火起,跟老板吵了几句,气得他拂袖而去。

正好那几天母亲到城里来看我,知道这件事后,她说:孩子,一头牛不可能永远拴在一个桩上,你也不会永远呆在一个地方,但是干什么都要尽量干好。你不顺心我知道,我跟你父亲没能耐,帮不了你,但我可以告诉你一个办法——有事儿没事儿时,你就小声唱歌。

我记起来,小时候和母亲一起下地,母亲总一边干活一边在嘴里小声地唱歌。在母亲的歌声里,那些繁重而枯燥的农活不知不觉被我们一样一样干完。

后来我养成这样一个习惯,不管是在骑自行车上班的路上,还是在工间的休息时间里,我都轻轻地唱歌给自己听。尽管我从小缺乏音乐细胞,但我相信,母亲从小教我的那些旋律,一定是世界上最美的音乐。

一年后我被老板赏识提拔为公司副经理。第三年我放弃了企业的优厚待遇,跳槽到一家报社当起了普通记者。现在,我已经出版了两本文学作品,并且在本地文化圈子里,人们常常将我称为"作家"。

如果你站在我身旁,你也许可以听见我常常在小声地唱歌。这就是母亲给我的财富。

给地下室画一扇窗

"和你同龄的军子,每个月都往家里寄钱呢。"父亲坐在灶头抽旱烟,一直皱着眉头,半天才说:"你还是不要复读了。"听到父亲的话,他没言语,点点头,泪水不争气地掉落。

进城里打工,什么手艺也不会。看到一个小吃店要洗碗工,他就去了。每天干到半夜,洗不完的油腻腻的碗盘。回到那间只有7平方米的地下室,他累得趴在床上起不来。

干了一个月,他领到第一份工钱,就跳槽了。他想,碗洗得再好,又能如何?他想做厨师。结果跑了好几个小餐馆,都没人要他。到第6家时,人家问他会烧什么菜,他老实地回答会烧家常菜。老板答应留下他,试一天。中午,有位客人拎着一只甲鱼让店里加工。"你把这只甲鱼烧一下。"听到老板这句话,他当时吓出一身冷汗,从哪里下刀都不知道。一个客人在旁,说你把脚踩上去……半天后,才把甲鱼杀了。怎么烧呢?他想起邻居炖海鲜,放两片香菇和火腿肉,他只好照这个办法试。烧好,客人一尝,说:"炖得不错。"他高兴极了。

晚上还是碰到了难题。客人点的很多菜,他连菜名都没听说过。他站在炉灶旁束手无策,老板也看在眼里。于是他就偷看人家怎么烧——红烧胖头鱼、水鸭绿豆面、宁式鳝丝。看完三个菜,老板说,"请你另谋高就。"他只好打包出门。

刚学会的这三道"拿手菜",让第7家酒店老板点了头。那两天,他最早上班,打扫厨房,准备菜料,自己买了一包烟,给大厨递烟。大厨教给他很多烹饪基础知识,他也学到了烹饪海鲜的几个常用手法。可好景不长,几天后,因为烤焦了一只鸭子,老板炒了他。

他吸取了教训。一道外黄里嫩、喷香扑鼻的烤鸭,让第8家酒店老板喜笑颜开。在那里,他为了学到蒜蓉汁、葱油汁、剁椒汁是怎么熬制的,晚上请大厨去吃宵夜,点了几个要用汁的菜。大厨一边品尝,一边点评,调味如何、火候怎样、用料合不合理……他一一在心里记下……

第15家店,是他炒老板的鱿鱼——他觉得在那家店里做,没有什么技术好学。在每一家店,他都学到了自己缺少的东西。上一家失败的经历,成为他赴下一家的经验。他的"招牌菜"也越来越多。

2年后,他成为一家酒店的大厨。3年后,他是另一家酒店的首席厨师。4年后,他在城里承包了一家饭店的厨房。那是当地规模最大的酒店。他请了4个厨师,总共18个人手。

随着这家酒店厨房的正常运转,他自己则到全国各地拜访师傅,四处学艺。到杭州,向杭帮菜大师取经。到四川,向川菜学习。下广东,学煲汤的奥妙……

在他的厨房承包生意蒸蒸日上,每月营业额达100万元时,他又做出一个让人不解的决定:在一家四星级大酒店厨房打杂,一个月500元。

端盘子、洗厨灶,最脏最累的活都归他。从原来的"总厨"到一个"打杂的",他一点没有抱怨。厨房的水、油、灶和各种卫生,他做得井井有条。半个月后,饭店的香港厨师长要炸鱼丸,没想到他已把要用的调料全部配好,立即对他刮目相看。了解到他的情况后,厨师长当即把他升为副厨,月薪1800元……后来,他放下副厨的职位,申请去做传菜员,对饭店的前厅和后厨管理提出了建议,被管理层采纳。

现在,他是北京一家餐饮集团的老板,他的公司承担着北京、上海、石家庄、乌鲁木齐等地30多家酒店的厨房事务,他的目标是,在2008年实现年营业额1.8亿元。

作为他家乡的记者,我在北京采访了他。他开着车,把我带到一间阴暗、潮湿的地下室出租房,那是他最初的落脚之地。让我惊讶的是,在那样阴暗的一面墙上,画着一扇窗户。窗户里贴着一幅阳光灿烂的画。

"那就是我成功的秘诀。"他说,即使是住在地下室,我们都应该给自己画一扇窗户,让心灵照射到梦想的阳光。

没什么可以封挡你的口哨

大雨如注。坐上三轮车时,我的心情灰暗到极点。

那时我刚到这个陌生的城市工作,每到傍晚时,就被想家的孤独感重重包围。那天,一个客户不讲理,我又受到老板批评,饿着肚子拖着疲惫的双腿,想到又要回到狭小的租房中过夜,我真想找个地方大哭一场。

猛烈的暴风雨,让城市的面容变得模糊起来,道旁的树叶不时被卷到街面。三轮车夫是个中年男子,弯着腰,逆风蹬着车子。风雨斜向袭来,他穿着一双旧解放鞋,那鞋和半截裤子已经湿透了,不停地往下淌水。我抱臂缩在座位一角,抑制不住地瑟瑟发抖。

拐进一条胡同,路上不时有水坑,三轮车小心地避绕着。风雨因建筑的遮挡,稍稍减弱一些。忽然,我听到一串鸟鸣,不知从何处传来。在城市里,我已经很久没有听到过鸟叫了,在充斥着刺鼻尾气的城市里听到鸟语,我一时竟怀疑是自己的错觉。然而又有几声,是清脆的啼啭!

我探出头，侧耳细听，想判断那鸣声来自何处。那叫声沉寂了好一会儿，在我准备放弃时，那清脆的声音再次传来，而且我听出就来自前方。这一次的声音，竟是另一种鸟的鸣声，好听，却无法形容出来。我往前看了看，除了灰蒙蒙的天空和低矮的屋檐，前面什么也看不到。我想，兴许是谁家养的鸟吧。

接着又是一串啁啁啾啾的声音，细碎繁复，那样动听！我终于忍不住向前问道："师傅，你听到鸟叫声吗？"那车夫头也没回，说："没有哇。"我觉得奇怪，明明听到很多鸟鸣呀。

车子拐到一个上坡，许多砖块垫在浑黄的水坑中。车夫把身子弯成弓，奋力地蹬着，直到终于上不去，他跳下车，踩进水中，拉着车子前进。我要下车，被他拒绝了。

到了平坦些的路面上，风雨终于小了许多。这一回，我真切地听到了一串鸟鸣，来自不远的地方。我问车夫："是你车上有鸟在叫吗？"车夫转过头来，汗水和雨水把他的头发弄得湿漉漉的，他笑着，终于说："是我的口哨！"

我大感惊奇。一路上我们聊天，才知道，这车夫还真是有一嘴的绝活，他不需借助东西，能吹出几十种动物的声音来！问到他家的情况，他才说到，他和妻子双双下岗已经几年了，孩子正上高中，明年高考，一家就靠自己蹬三轮车挣钱。说到孩子，他高兴起来："成绩不错呢，我叫他好好学习，考个好大学，我日夜蹬三轮车给他攒学费也愿意！"我说："你口哨吹得这样好，可以到路边摆摊卖钱呢！"车夫回头笑着说："那可不行，这是高雅玩意儿，不能糟蹋了！"

快到住处的一段路，柳条依依，风雨已停，傍晚的天空反倒有些亮起来,空气里有一种绿意的清新。我心情如天空一样渐开,久久没有说话,细心聆听一串接一串动听的鸟鸣。

下车的时候,我多给他10元钱,他不收。我说:"你的口哨真好听,谢谢你。"他说:"你要是喜欢,当我免费赠送的礼物。"他踏车远去时,我记住了他的车牌号0101。

在这个城市,也许你也遇见过这个吹口哨的三轮车夫。多少年了,我在这城市深深扎根,每当我看见三轮车,就心生一种亲切的温暖,是一个信念给了我努力生存的勇气:不管风雨有多大,没什么可以封挡你的口哨。

开出一条路来

那一年,带着失望和懊丧,他来到乡高中上学。

乡里的高中看上去好像几十年都是那副样子,太旧了——围墙是竹子编的篱笆;操场是泥地,一下雨就积水,溅得人满裤腿都是;最让人伤心的是,食堂仅借了村民的屋子和灶,平常只给学生煮饭,根本没有任何新鲜的菜供应……

他曾经梦想过很多次,到城里读书,城里的高中是六层高的楼房,有优秀的老师,还设备齐全的实验室。可是城里的高中,要收3000元的借读费,这对他们家来说,是一个巨大的数字。他一直希望自己能考上医学院,将来能成为一名医生,穿着白大褂穿梭在病房。而现在这所初中,甚至连实验室里唯一的一台天平都坏掉了。

他似乎能感觉到,理想离自己越来越遥远了。那次期中考试,他考了倒数第10名。

拿着画满了红叉叉的试卷,他灰心到了极点。学校早已放学,同学们都离去了,空荡荡的教室只有他一个人。他不敢回家。他怕父亲盛满期待的眼神会让试卷刺伤……

天黑了。他又饿又冷,只好收拾书包,准备回宿舍去睡觉。就在我准备离开时,一束手电的光照过来,他听到父亲喊他的名字。

原来,父亲久等他没回家,就走了二十里路,找到学校来了。学校看门的徐大爷陪着父亲找到宿舍,不见他,又找到教室……

那天晚上,父亲陪他在学校宿舍里住了一夜。他们第一次交谈了那么久。在狭窄的单人床上,他和父亲挤在一起,整个晚上,连一句批评的话都没有。黑暗中,父亲讲他的故事,说他小时候也穷,上私塾每个月两斗米的学费也交不出,只好给人家放牛。但是他向伙伴借来书自学,人家能认得的字,他竟然也全部能认下来!

父亲说,没有什么篱笆能挡住人的脚步。走不过去,你可以绕开,也可以用一把柴刀披荆斩棘,开出一条路来。

一夜之间,他觉得自己好像长大了许多。

第二天早晨,他和父亲准备回家时,天在下雨。他们都没带伞。怎么办?他和父亲对望一眼,父亲说:"别等了,跑吧!"

他们一前一后地冲出去……

后来的日子他像换了一个人。老师们对他精神面貌的焕然一新感到惊讶。上课时,他不漏过老师说的每一个细节,下课了,还拉着老师讨论问题;每一堂化学和物理实验,他都近距离地站在老师左右,成为老师的唯一助手;没有新鲜蔬菜吃,他顿顿就着家里带的咸菜,吃得津津有味。

三年后高考,成绩出来的那天,乡初中的老校长找到他,用一只手拍在他的肩膀上,说:"我们乡中以你为荣!"

他考上了重点医学院。那在他们乡初中是破天荒的第一个。

这么多年,也许父亲早已忘掉了他对儿子说的话。他或许也不知道,那一句话会对儿子的一生发生如此重大的影响——"没有什么篱笆,能挡住人的脚步!"是的,就算前面风雨再大,路再崎岖,没有雨伞的你,唯一的选择是——跑。

被迫坚强

我已经很久没有想起过去的那些事了。如果不好好地想一想,很多事或许就会忘记。我的故事还是要从我爸——就是我养父说起,因为我的童年记忆,只能是他告诉我的。

从小我就没怕过什么。

我叫刘春红。

出生才3天,我就被生身父母丢弃了,被人送到了福利院。在福利院里,我一直哭,一直哭,一个男人走过来,从一堆孩子中间径直走向我,把我抱起来。到了他手里,我马上不哭了,还看着他笑。

这个男人,我叫他"爸"。这是后来他告诉我的。当时他39岁,没讨上老婆,就开了证明,拿着退伍证书,到县福利院领养了我这个女儿。

后来我问过他,为什么没领一个大点儿的孩子呢,大点儿就好带多了。我爸说,也没有为什么,当时一眼就看到了我。

3天的婴儿怎么被一个大男人带大的,我到现在也没想明白。我爸说从抱到家起,我就吃米粉。我那时体重超轻,身子很小,头只有一个男人的拳头那么大。每天生病,整夜整夜哭。哭得我爸都绝望了,有几次他都捂牢我的嘴,想捂死算了,还是舍不得,这样我才活下来。

我知道,我的命贱。从我懂事起,我就再没哭过,我的童年没掉过一滴眼泪。

我爸明明是个男人,一辈子却活得很窝囊。所有女人的活计他都会干,打毛衣、做鞋、编扇子,人家叫他"寡妇",在我听来是极大的侮辱。要是别的小孩骂我,我二话不说,冲上去就打。打架是三天两头有的事。

有一次,一个小孩皮厚,又骂我爸羞辱我。我扔了一块石头,把人家的头打破了,流血了。他妈领着孩子到家里来吵,我就藏在屋后的柴堆里,天黑了也没回家。那女人不肯罢休,一定要把我揪出来,也要把我头上打出血来才算数。我爸没本事,哭了。

我看不下去,一下冲到屋里,对女人吼:"你打啊,你打啊!"她不打,我抄起一把扫帚,把扫帚柄"嘭嘭嘭"地往自己脑袋上打!大家都呆住了,没想到我会出这一招。那女人一看这阵势,扔下几句狠话,悻悻地走了。我爸又抱着我哭。

这辈子我都没怕过什么。我倔着性子,像棵野草一样长起来。6岁我包洗了全家的衣服,7岁天天起早做饭,10来岁下地干活挑重担,哪个事情我没干下来?那时人像猴子一样瘦小,一篮衣服洗过以后,重得拎不动,一路走一路放,回到家,竹筐底下的衣服都弄脏了。我爸重病卧床，干不了重活，我天天煮好稀饭，把饭端到床头。人够不着灶头，是站在板凳上的，一不留神板凳倒了，一碗滚烫的稀饭就泼在了胸口，到现在还留下一片疤——这样我都没哭过！还另盛一碗，给我爸端去，出来一看，一层皮都烫出了泡，跟衣服粘连在一起了。

穷人的孩子懂事早，夏天我就钓蛤蟆卖，挣点零花钱和学费。土黄色的蛤蟆，有人上门来收，一块钱一斤。青皮的青蛙留着自己吃，我们家一年到头吃不上肉，吃青蛙也算开荤了。我自己从来不吃青蛙，老师上课讲过的，青蛙是益虫。可我是没有办法，一点点内疚，很快会被换来的钱所抵消掉。钓青蛙挣的钱，我给爸买西瓜、棒冰吃。快开学时自己再买个新书包。我爸用旧衣服缝的旧书包，不知道用过多少年了！

有些事躲得过，有些事你躲不过

家里是穷的，说出来人家都不信，我这种年纪，小时候还吃过米糠饭——可是再穷，我爸都让我上学，说要让我考大学。其实从小学三年级以后，我的学费就再也没有缴清过。

我爸身体越来越差，常对我哭。终于有一天，他说带我进城玩。那时正是他病情严重时，我哪里晓得什么，就跟他进城去玩。我们丰塘山村离县城40多里路，没有车，坐一段拖拉机，走一段路，又拦拖拉机，又走一段路，好不容易到了县城。在人多的地方，我爸说要去上厕所，让我站在那儿等他，等等没来，等等没来。我就知道，他是要把我扔掉。

我没哭。在懂事之后，我爸死之前，我一滴眼泪都没有掉过。即使在我最委屈的时候,我都只是让泪水含在眼里,这就是我的童年。那天我一路问,一路走,走了五个小时,从未进过城的我就这么走回了家。天都黑了。看到我,我爸吃惊地张大了嘴巴,一把抱住我,嚎啕大哭。他没什么本事,就爱哭。

我整整一个月没有理我爸。

读初三那年,我爸死了。

那时我住校上学,我爸病情突然加重,家里人捎口信叫我回去一趟,带口信的孩子却把这事忘了。等到周五放学我回家,我爸已经躺在床上讲不出话了,我喊他,他也认不出我了。

晚上,我守着他。以往他生病,都是我整夜守在床边。一夜不睡,第二天照样去上学。那个晚上,还是我守着爸爸,怕他冷,我把被子掖得紧紧的。整个晚上,我都在煤油灯下坐着,毫无睡意,翻几页书,看不进去,又看着爸爸发呆。到了第二天凌晨四点多,我起身去煮稀饭,等我把饭煮好,端到床边想喂他时,才发现他已经不会动了。摸摸鼻孔,已经没有气息。我呆掉了,碗失手掉到地上,碎了,粥洒了一地。爷爷听见声音跑过来,当即嚎啕大哭。

接着来了很多人,我像根木头一样。人家推推我,我才知道哭。

我爸一死,93岁的爷爷吃饭有一顿没一顿,他也不想活了。一个月不到,爷爷也死了,我发现最亲的人都没了。爷爷的葬礼上,有人还在笑。我想到自己从此无依无靠,那个悲痛,于是哭得天昏地暗,把以前没有流的眼泪都流出来了。

16岁,我又成了孤儿

村干部安排我住进姑妈家。我哪里会喜欢姑妈家?他们三天两头吵架,不像个家。我寄人篱下,吃饭时端起一碗饭,不管什么菜,埋头扒拉完,就躲到一边去,一句话不敢多说。晚上想我爸,偷偷躲在被窝里哭。表妹就拧我大腿,不许我哭,更不许我讲。

农村里有些人爱嚼舌头,早上我拎一篮衣服去河里洗,人家回头问姑妈:"你自己女儿在睡觉,你让人家洗那么多衣服,这个姑妈怎么做人的?"好了,我有好果子吃了,一百张嘴也说不清!

我学习成绩一落千丈,勉强考上了高中。学费是免了,生活费怎么办?姑父让我自己去乡政府讨点钱。我哪里做得来这种事!我不想去。可是不去,你别指望姑妈家会给钱。

姑父把我领到乡政府门口,我进去找人。我不知道找谁,连话都不知道说。我一个门一个门走过去,又走回头,来来回回好几趟,不知道向谁开口。这时候,有个中年男人正好从屋里出来,我眼巴巴地望着他,眼泪就稀里哗啦地流出来了。

我都忘了怎么找到民政助理员的,反正有人把我领到一个男人面前,他问一句,我答一句,好不容易把自己的情况说了。完了,他打发我回家:"回去吧,情况我们登记下来。像你这样的人全乡很多很多,我们不能光照顾你一个……"

我呆呆地站在办公室的角落,也不说话,也不走。我拿不到钱,空着两手回去,有什么用?人家说:"你就是站到天黑,站到明天,也没钱……"没有办法,我只好走出去。

又去了多少次,我自己都数不清了。去一次,受到的白眼就多一些。我就对自己说,我这是要钱,受几个白眼,不疼不痒,无所谓。如果受白眼能有钱,我倒是情愿多受几个……

直到快过年时,乡里有一笔困难户慰问经费,这才给了我150块钱。去领钱时,我没有私章,有个女干部就把她的私章借我用。她不多说话,也不给我白眼。我觉得她是一个好人。后来我知道她是妇联干部,大我11岁。再后来,她成了我最亲的人,我叫她"燕英姐姐"。

三年高中是怎么过的,就不说了。2003年9月,我收到长沙民政职业技术学院的录取通知书。收到通知书那天,我一个人跑到父亲坟头哭了一下午。

反抗不了,只有适应才能生存

刚上大学时,我差点被逼疯了。

第一学年的学费,7900块,天文数字啊,我到天上去要?中学的班主任陈老师,帮我申请了一次性助学资金,4000块,还不够,只好去贷款。姑妈不帮我担保贷款——"我们家情况你不是不知道,你表妹明年也要上大学,这个钱到哪里去拿?"听了这话,我想,我要是能从这个门走出去,这辈子都不会再回来!

我还是去找了燕英姐姐。她帮我出面,找到村支书,支书签字担保,从银行里贷了5000元款借我。

从小山村来到大城市长沙,我完全不能适应!我整晚睡不着觉,也很少跟人说话,更没有笑容,同学都把我当怪人看。因为贫穷,所以自卑,也特别敏感。有时,人家在高兴地说什么,我走过去,他们不说话了,我就马上疑神疑鬼——他们是不是在讲我坏话……

有个下雨天,一位同学在教室里莫名其妙地朝我发了一通火,我就受了刺激,嘴巴里嘟哝着什么,拎着个小凳子,在操场上转了一圈又一圈!

整整3个钟头,从晚上7点一直转到10点多。我痴痴傻傻,把同学和老师都急坏了。谁劝都没用。后来他们只好七手八脚地把我弄回寝室。

这个过程我自己却什么也不知道。这是最严重的。我后来想想都怕,这一次要是我没回过神来,估计就只能住进精神病院了。

我为什么精神差点崩溃掉?因为压力太大了。学校的心理学教授找我聊天,我非常抵抗,根本不想自己内心交出来,弄得教授也毫无办法。

其实对于一个人来说,心理的困惑你是抵抗不了的。好在我从小就像棵卑贱的野草,扔到哪里就能在哪里生长,只有这样去适应环境,你才能生存。

在上大学之前,我每个暑假都出去打工。上大学后,生活费用不够,我吃饭就从食堂里打点米饭,回来就着辣椒酱吃,一个学期下来,床头攒下了10多个空瓶。

生存是第一需要,所以我还得去打工。

我起先在校内勤工俭学,清理垃圾,一个月有60元补贴。宿舍楼里都有垃圾道,人要钻到里面去,把垃圾扒出来。夏天那里面又闷又臭,那味道能把人隔夜的饭都熏出来。我做了一段时间,因为身体实在太差,就不想再做了。人家开始还不理解:"你不是贫困生吗?怎么又不做了!"我说,"我本来就经常生病,要是做了这个活,更要生病,挣来的钱还不够看病的,还不如不做。"

后来每个周末我都去街上发传单,搞促销。第一次接活,是促销啤酒,穿着红色短裙,我感觉自己就像个小丑。第一天,只知道把裙子下摆拉去拉去,一分钱也没挣到,还贴了坐公交的4元钱。

晚上回到学校,我想想不甘心,就穿上短裙四处走,把胆量练出来。我先用衣服披着,遮遮掩掩地走到操场上。然后心一横,把衣服扔下,就穿着短裙在操场上游荡,哪里人多就往哪里走。

这人有病吧?我听见人们的嗤笑,感觉到怪异的眼神。我对自己说:"管他们说什么,我要挣钱,我要吃饭,我不偷不抢的,没什么丢脸!"

人就是这样,迈出了第一步,你就不会再害怕。想想小时候我是怎么过来的,还有什么值得我怕?想想这些,我阴沉沉的心情,一下子豁然开朗。

后来我学了心理学,一边看书,一边把案例运用到自己身上,首先解除了抵触情绪,然后学会了自我调节。在同学之间,我也有了笑声,与同学关系也融洽了。

大二,我当了学生会社会实践部干事,兼学校心理咨询小组,给人家提供心理咨询。到了大三,所有人都说我跟大一时比就像完全变了一个人。"刘春红,这样你都行!你真的太强了!"

同学们跟我开玩笑,还常拿那个事来逗我——拎一个小板凳,在我面前转圈。

没有什么困难是你解决不了的

很多的困难,我没法逃避。我的同龄人,没钱了就找父母要,事情办不好就回家求助,我呢?我只有靠我自己。

刚开始做促销,我不敢开口跟人说话。一开口声音跟蚊子差不多,谁会停下脚步听你啰嗦!第一天没挣到一分钱,有同学就不干了。我呢?我要挣钱,我不能不干呀。

第二天,我发现在我不远处有个促销员经验丰富,开口两句话,就能留住人。我悄悄站到人家身边去偷学技术。你说为什么——开口讲话,跟人打招呼,声音一定要大声,要热情,要自信!你要把那种快乐的、买东西的氛围,传达给人家。我现在这么说说很简单,可是当时我一遍遍学,克服了多少心理障碍!

三年大学,最大的困难就是钱,年年最头痛的是学费。第一年有贷款,第二年怎么办?我在学校阅报栏看报纸,灵光一闪,想到给报纸写信。《中国青年报》《中国社会报》《中国教育报》,抄了好几个地址,寄了四五封信出去,"叔叔阿姨,我是个孤儿,真的走投无路了,才鼓起勇气向你们写信……"

信寄出了,过了一个月,都没有任何音讯。想想这些报纸一天不知要接到几百封求助信,我心都凉了。也不知过了多久,一天,老师找到我,说有个记者来采访。我去一看,原来是《中国社会报》来了一个记者。这家报纸属于民政部主办的,我们学校也属民政系统,可能是这个原因他们才来的。

稿子写得很感人,报纸登了大半个版。稿子出来以后反响很大,在报纸的后继报道里,我看到好多人都说愿意帮我,可我左等右等,没等来一分钱。几个月过去,快开学了,我盼着这笔钱交学费,可望穿秋水也没盼来钱。我只好平生第一次坐火车上北京。

没有座位票,我是一路站到北京的。北京城真大,人真多!我下了火车,找了一个公用电话给记者打电话,记者说他出差,不在北京,得一个星期才回来!我什么都想到了,没想到这个,我怎么在北京生存?

想来想去,想到另一个人,密云县的一个民政干部,他看到报纸后给我写过信。我打通了他的电话,把情况告诉他,他说:"那没办法了,要不你来我这里歇个脚吧!"绝处逢生,我感激得不知道怎么才好!

打了两个电话,花了我三四块钱,那么贵的电话费!我心疼得很。又怕再花钱,不敢乱用了,肚子饿了,就买一个玉米棒子吃,一块钱一个,不怕被人宰。转了几趟车,又赶到密云县的民政干部家里,在他家住了一星期。真是好人哪!我到现在都感激他。

一星期后,记者终于回北京了,我赶到报社去。进了办公室,大家都张大了嘴巴,看我跟看猴子似的。那眼神……我当时是什么样子啊:脚上一双男式的塑料凉鞋,身上的裙子是破了又缝起来的。他们做了个捐助的牌子,让我捧着照相,这样拍那样拍……让我浑身不自在,难受极了。

这一趟北京之行,还是有了收获,4个月以后,我终于从银行拿到了北京转来的 3700 元钱,终于交上了学费。

第三年就更难了。一放暑假,我就去了福利院打工,然后一趟趟跑慈善总会。慈善总会的领导说,第一年不是给过你钱了吗?不能老给你一个人!我一遍遍在他面前磨——不管怎么样,你得让我把书读完吧,如果现在退学,前面的钱也白给了。我主动帮他们干活,最后他们还是被感动了,查来查去,发现第一年的钱不是从慈善总会支出的,这样我才讨到了 4000 元钱。

快毕业时,我又拿到一些奖学金:第一年 500 元,第二年 300 元,第三年拿了个国家奖学金 1500 元,还有一个专项奖学金 1000 元——都没有见到钱,全部直接抵到学费里。这样,三年的学费总算凑齐了。

真的,没有什么困难是解决不了的,好多时候,我咬紧牙关,也就迈过来了。

每一个空瓶子都是一种积累

在我三年大学中,还有一件事,是从没间断过的——捡矿泉水瓶。

别看矿泉水瓶谁都能捡,其实也不容易。别的同学在玩,我得去捡瓶子;还得掐着人家倒垃圾的时间去,晚了被人家捡走了;有些时段,休闲草坪一带空瓶子比较多,没事就得守在那儿。

我捡空瓶子已经成了条件反射。一次和同学上街,忘掉自己不是出来捡瓶子的,很自然地从地上捡了两个瓶。同学说:"你勤劳我们没意见,可是你跟我们一起出来玩,就不要捡了吧!"我想想是有道理的,我不怕丢脸,可还得顾及人家的感受吧。从那以后,我再出去捡瓶子,都尽量不跟人打招呼。

时间长了,同学们知道我捡瓶子,也会把空瓶给我留着。这些空瓶子存上一个月,我借一个推车,运到废品收购站去卖掉。至今,一瓶矿泉水喝完了,空瓶还牢牢地攥在手里,不舍得扔。

其实,我在大学毕业以前积累下的工作经验,就像我捡矿泉水瓶一样,每一个瓶子都是积累。这给我找工作也带来了好处。

我毕业时,工作很难找。民政类专业本来就业不好,我又是大专学历,更没有竞争力了。家里有关系的人,靠走关系找个单位。我两眼一抹黑,凭什么找工作?只好什么活儿都干,商城促销员、仓库保管员,我管它苦不苦、累不累,都去做。有个工厂在招车间工人,我也去报名,人家倒还很惊讶:你是大专生,愿意做工人吗?我当然愿意。过了些天,厂里说要交300元钱保证金。我拿不出,只好放弃了。

我知道,我没有任何资格嫌弃工作,就像没有一个瓶子可以让我嫌弃。

最后,我碰上了联通公司的招聘。

笔试很简单,过了。面试时,我坐在一排评委对面。我一点也不紧张,我想我什么苦都吃过了,大不了会怎样!评委问我,是不是学市场营销的。我说不是。"我做过促销员,干过清洁工,捡过矿泉水瓶,在小饭店里洗过碗。对了,我还学过心理学……"

结果出人意料:在30个人里面,我被留下来试用了!而且我的学历最低。留下3个人,试用3个月,最终正式聘用一人。

那段时间,我一面捧着各种业务书在啃,一面在外面奔波。

我逮着这个叫"师父",逮着那个叫"师父",什么都学。第二个月,我单飞跑业务,第一块"硬骨头"是给一个学校的老师组建虚拟网。

当时,这学校的老师们都用着另一个公司的套餐,我是去"挖墙脚",让他们改办我们公司的。原来一个经验丰富的业务经理也去做过,但就是没有做成。我能做成吗?老师对这套餐那套餐很挑剔,各种费用会算得很清楚,我就连最细致的地方都替他们想过去。比原来的优惠多少,相差多少钱,一项项算给他们听。

有的老师马上办了,但多数老师还是不想换号。怎么办?我就自己垫钱,让他这个号码先用着,如果觉得合适,下个月再付钱。有的老师没时间,我一趟趟跑,有时就等在教室外边。

干得辛苦吗?我一点也不觉得。跟去乡政府讨钱、清扫垃圾房、上北京找记者相比,我真的没觉得有什么大不了的。

最后,与其说我完成了这单业务,倒不如说,是学校的老师们喜欢我这个人。他们说,"小刘真有耐心,不给她办这个业务,我都不好意思!"

那段时间,我的努力同事们都看见了,可还是有人悄悄向我透露,谁谁要留下来是已经内定了的,"你业绩再好,最后也不会留你的……"

另两位都是本科生,还有一个据说"关系"很硬。我只有靠自己。即使最没有可能,我还是不愿放弃。3个月下来,我瘦了一圈,人也黑了一层!然而,我却办下了两家大企业、两个学校、两个村子,业绩是最好的。

三个月后,我转正了,好几个部门的领导都要我过去。我很意外,也很高兴。

我会告诉孩子她妈妈的故事

2008年,我结婚了。

老公是部队退伍的,陕西人,我大学时同学的同学,4年前我们认识,后来他就跟我来了浙江。他的生活条件比我优越,没有吃过苦,跟我谈了恋爱以后,他却跟着我受苦了。

问他为什么喜欢我?

他回答:"因为你坚强!"

我说,其实我是被迫坚强的。

现在,我们已经度过了最艰难的日子,双方都有工作,今年还开了一家手机店。今年春天,我当妈妈了。这是我最幸福的时光!我们的女儿,很可爱。

那个清明节,我带着老公,抱着女儿,去给我爸上坟。我坐在那里半天,忽然怎么也想不起我爸以前长什么样子了。我想我怎么能把他忘掉呢?

我老公安慰我:"如果他知道你现在生活得很好,他一定会很开心。"

我看着女儿,仿佛又想起了25年前的自己。等女儿长大一些,我想我会告诉这些故事——她妈妈的故事。

青春路上不怕黑

我坐在门前山坡上无聊。一队人马从山那边出现了,先是一串白色,还有唢呐声,听起来凄凄凉凉,就好像从很遥远的地方传过来。

那些人越走越近,看得清人影了,他们披麻戴孝,哭天抢地,哭的人喉咙都哭哑了,很绝望,在荒凉的山路上没着没落地飘。

哭声远了,我还是失魂落魄一样坐在石头上,我爸走到我身后,在脑壳上拍了一记:还不回家去!我应一声,一溜烟跑回家去了。

我叫曾维竹。

前面的情景,在我们村子里每年都要上演好几回。湖南老家那边的风俗,有人在矿上没了,找不到尸体,家人要从出事的地方把他的魂招回去。矿上事情多,每隔一段时间,就会听说平时很熟悉的某人又没了。就好像他出一趟远门不再回来,从此以后,我们就再没有看见他。

我拖着我妈的裤腿不放,她还是走了。那以后,她也跟矿上做工的有些人一样,再也没回来。

那时我还不知道,我爸也在矿上干活。

他每天早上出门,很晚才回家,到家后常常累得连话也不想说。我和弟弟在外面疯玩回来,看见爸就问一句话:"爸,晚饭吃什么?"

其实不用问,还是辣椒汤。辣椒晒干以后切成碎片,放在油里过一遍,加水,放点盐和味精。长年就这一道菜,辣椒汤,再变不出花样来。

我爸,我,我弟,我们三个人坐在门槛上,米饭就着辣椒汤,每顿晚饭都这样解决的。

我妈老早就离家出走了,那时好像我才三岁。有一天我在山上捡柴,中午回家吃饭,一揭锅,饭菜都弄好了,我叫了几声,没有人应。我妈去哪里了?这有点反常。我就找出门去,路上碰到人,说看到我妈朝大路上走了。我撒起腿就追,到了一个长坡,看见远处有个人在走。我一边哭,一边追,我妈停下来。说了一些什么,我都记不清了,只记得一幕:我拖着我妈的裤腿不让她走,拖啊拖,拖不住,还是走了。那以后,她也跟矿上做工的有些人一样,再也没回来。

我那时小,不知道伤心。我爸身体不好,家里更穷了。上小学,我走到教室门口不敢进,因为交不起学费。有一次开学前,我爸把学费交到我手里,说:"志斌宝,你一定要争气!"说着他就哭了。为了这学费,他去信用社借钱,开始人家不借,说我们家没什么来源,借给我们,猴年马月才能还上啊。为了 300 块学费,我爸两膝一软,就跪在了人家门口……

离村子 10 多里路有座小煤矿,没什么门路的人都去挖煤挣点钱。懂事之后,听说我爸也在矿上干活,我经常担心受怕。我怕父亲跟那些人一样,有一天去了矿上再也不会回来。那样,我和弟弟的最后一根稻草都没了。

再也不敢看矿上哭丧的队伍,听到那种声音我就害怕,半夜做噩梦。有一次做噩梦,被痛苦的呻吟声吵醒,发现我爸抱着肚子,蜷缩成一圈打滚。他胆囊炎又发作了。我手脚发抖,叫醒弟弟,两个人抱头大哭。

那个晚上,我一下子长大了。

一起挖煤的人说:"曾桃仨有福气,儿子都会干活了!"听到这话,我也感到很自豪。那时我才 12 岁。

我爸动了一场手术后,仍然下矿挖煤。欠下一屁股债,又有两个孩子上学,不去挖煤,吃饭都成问题!

放了寒假,有天早上我爸头上冒汗,脸色很差。我让他今天别去做了,去卫生院看下。我爸叹气说,不去做怎么行,你的学费还没着落。我就恼了:我去!

大冬天,那风冰冷刺骨,我跟着我们村的郭叔一起去矿上。那是我第一次去,感觉还很新鲜。煤洞口子很大,开始还很宽敞,也有亮光。越往里走,洞越狭窄,光线也越来越暗,再走没多远就乌漆抹黑,全凭头顶上的矿灯照到一点是一点。脚下有水,头顶上的水珠啪嗒啪嗒往下掉,阴森森的,寒毛都竖起来了。

我想用讲话来赶走害怕,就问郭叔:你怕不怕?

郭叔三十多岁,胡子拉碴,他说:有什么好怕的!你怕了?

我连忙辩解:不怕!不怕!

煤洞是沿着薄薄的煤层的走向,越走越深,弯来弯去。不知道弯了多远,煤洞突然变得更狭窄了,推煤的手推车进不去,人只有弓着身子半蹲着往前挪。那是一个陡坡,洞高只有一米二,宽只有一米,只能容一个人钻进去。我用矿灯一照,头顶上用木头支着,偶尔还有小土块从木头缝隙里往下掉,有的木头已经被压断了,好像马上就要塌下来!我胆战心惊的,再也不敢看了。

挖煤点不高,人只能跪在地上,用铁镐一镐一镐地挖。挖出的煤扒到畚箕里,再挑到煤车。这一段路有四百米,都是很滑的上坡弯道,最窄最陡的那一段,只能低着头半侧着身子,右手紧紧拉住畚箕绳子,左手攀住两旁竖立的枕木,一步一步往前挪。

挖煤工钱,是按煤车算的。运出一车煤,大约是七八块钱,拼伙的人均分。去之前,我爸对我说:"在那里干活的人都不容易,你要把自己该干的那份活干完,别让人说闲话。"

我一点儿也不偷懒。挑不了大人那么多,我就分两次挑。看着我这么卖力,一起挖煤的人说:"曾桃仁有福气,儿子都会干活了!"听到这话,我也感到很自豪。那时我才12岁。

有个说法,煤矿是"埋了但还没有死的人"。下了煤洞,就把脑袋拴在裤腰带上了。透水,塌方,瓦斯爆炸,随便出点小事你都完了。那黑暗的地洞就是一个地狱。郭叔他们说,干活时,莫胡思乱想。哪里有空去想那些生啊死啊,光想着早点把煤车装满，可以爬出去，重新看到光。

出事后几天，总有些人不敢去，矿上就闹工荒。用不了多久，大家好像又忘掉了这件事，去的人又多了起来。

跪着挖煤，膝盖麻了，站都站不起来。终于要爬出煤洞吃中饭，感觉很幸福。刚出洞的时候，外面太亮了，眼睛都睁不开。适应了以后，看到别人全身上下都是黑的，只有牙齿和眼白是白的。我就想，这时候的自己，一定也是这副样子。

我学着他们，捧着铝饭盒蹲在地上吃。这时有个人叫我的名字，一抬头发现是我同学。当时心里特别不好意思，没想到自己这么乌漆抹黑还能被人认出来。我装作没听见，端着饭盒避开了。后来我想，当时我不应该感到不好意思，我是在替我爸干活，是个大人样，该高兴才是！

下班了，就到一个记账的那里算钱，记在账簿上。第一天，我挣到了十多块钱。回到家，我爸非常开心，已经准备好了饭菜等我——豆豉炒肉片，我到现在还记得很清楚，真香啊！这个菜，一年到头吃不上几次的。

头一回我做了六天。以后每个寒暑假，我都下矿去挖煤。高中以后，出去卖过棒冰，也到建筑工地上挑过泥沙，上街卖过报纸，都比不上挖煤挣钱。每当矿上出事后几天，总有些人不敢去，矿上就闹工荒。用不了多久，大家好像又忘掉了这件事，去的人又多了。

闹工荒的时候，只有我爸照往常一样去上班。他说，生死有命,富贵由天,老天要是不长眼,你躲也躲不过。可他后来总是拦着我,不让我下矿。

我亲眼见过矿上瓦斯爆炸以后,有个人死了,被人抬出来时已经面目全非。按辈分我该叫他伯伯。还有一个同村,平时在一起玩,下到煤洞里干活时突然塌方,活生生的人突然就没了。

我知道挖煤不是出路。我只有用功读书,才能永远逃离挖煤的命运。

拿到 90 块津贴,80 块钱寄回老家。我在汇款单上给弟弟写了四个字:"好好珍惜。"

从小学到初中,从初中到高中,我读书都很拼命,成绩都是班上前几名。人家一放学打台球、玩游戏机,我一放学就回家干活,挖地施肥做饭,没得空闲。一大早起来,看书、背书。整个高中,只听同学说过上网很好玩,什么玩意儿都有。我没进过一次网吧。

我跟他们没什么共同语言,他们论吃论穿讲名牌,我都不懂。可是一到做题目时,我就能找到自信。我没什么可以拿来和他们比的,我的出路只有一条:考上大学!只有考上大学,才能改变我的生活,我不能像我爸他们那样了。

2004 年我参加高考,考了 558 分。邮递员把通知书送到家里,我从矿上干活回来,拿到湖南文理学院的信封时,眼泪哗啦一下就跑出来了。我这么多年努力,终于可以上大学了,多不容易,高兴啊。

可是打开信封我就高兴不起来了。里面有学校概况、入学须知,后面有一句话,每年 4000 多块学费,每个月 500 块生活费……家里哪来这么多钱啊。我去上大学,我弟弟还在上高一,他肯定得辍学,他成绩也不错。我是老大,我能这么做吗？好,我把自己关在房间里,门锁上,哭了一场。哭完出来,我对我爸说,这大学我不去上了。

我出门打工,到娄底市区建筑工地去挑砖头,雨天去马路上卖报纸,不管怎样我都要改变自己的生活,再不回去挖煤了。不仅是我,还有我爸、我弟弟,都不要再去挖煤。我要自己挣钱供弟弟上学。

下半年我报名参军,结果被选上了。到了年底,我穿上绿军装,戴着大红花,高高兴兴地离开了家。我到部队的目标很明确,就是把生活费寄回家,供弟弟上学,自己呢,一定要考上军校。

到了部队第一个月,我拿到 90 块津贴,80 块钱寄回老家。第一笔钱寄回去的时候,我在汇款单上给弟弟写了四个字:"好好珍惜。"

这回时来运转,该轮到我去上军校了吧？没料到的是,命运还是跟我开了一个玩笑。

长这么大,25 岁了,我自己没买过一套便服,没穿过一双上百块的鞋子,没有一分钱存款。

我的钱都寄回老家了。战友问我,你这样做后悔吗。我笑笑,没有什么后不后悔的。这是我作为一个儿子、一个兄长,应该的。说起来很心酸,我们在部队有时候要外出,必须穿便装,可每次外出我都得向战友借衣服穿。人家说,你一个士官了,外出上街还借衣服……可我舍不得买。家里还有一万多块钱债务。

当初到部队,我就是想实现自己的人生梦想。刚来时我1米72的个子,158斤,体能和军事素质都是垫底的。拿单杠、引体向上,5公里徒步跑,全是最后一名。跑个5公里,人家都到了,我还在后面吭哧吭哧,照理我是挖煤出身,体力不该比别人差啊,要么就是营养不良。排长说我身上的肉都是虚胖,一定要减掉。好,我一咬牙,每天早上提前起床跑步,跑完5公里再练吊杠,先在两条腿上都绑上沙袋,再让新兵连的班长把我的双手绑在单杠上,整个人就挂在那里。吊杠是一件痛苦的事,平时单杠上抓不住了,手一松人就下来了,吊杠就是,你手松开人也掉不下来,还挂在上面。这是锻炼臂力。

松绑下来,两只胳膊都"废"了,拿个手巾都痛!可是三个月后,效果出来了,我体重降到128斤,什么单杠双杠、越野跑、体能,全过了。

为了考军校,我在新兵连里就开始文化复习。新兵连你知道,每天的时间安排得非常紧,可以自由支配的时间很少。我每天推迟一个小时熄灯,连队有个学习室,从来都是我最迟一个出来。早晨提前一小时起床看书。站岗,我向连长要求,站倒数第二岗。我们战士有句话,叫"当兵不当副班长,站岗不站倒数第二岗"。为什么?倒数第二岗是最累的,早上站完这个岗,还有一个小时就吹起床号了,你起也不是、睡也不是,我就用那一小时看书。

第一次全军统考,我超出本科线74分,排名全师第一。

这样的成绩,军校的专业都可以任自己挑了。可是我在最后一关体检时,被无情地刷下来了,血压不行。那种痛苦是可以想像的,情绪十分低落。后来连队干部找我谈心。慢慢的,我调整好了心态,没关系,今年不行我明年再来。后来我去医务室检查,身体又没有问题了。我重新有了信心,开始准备第二次考试。

连队也再次给了我机会,还专门腾出一个房间作为学习室供我看书,平时除了正常训练,其他的时间都首先保证我复习。我又每天早起晚睡,信心百倍。第二年,我又参加了统考,你知道成绩怎么样?总分600分,我考了519分,全集团军第一名,整个南京军区第五名。

这回时来运转,该轮到我去上军校了吧?没料到的是,命运还是跟我开了一个玩笑,资格审查我被拿下了,档案年龄超了23天。

我是怎么又找回自己的呢?我想了很多,我是家里的长子,顶梁柱,那个家还靠我撑着呢,我不能倒下。

这个世界还有比我更苦的人吗?

老天不公,我怪自己投错了胎。生在那样一个家庭,那么小就没有娘疼,12岁下矿去挖煤,好不容易读书考上大学却没钱去读。进了部队,拼了命地努力,我该翻身了吧?好,你想翻身,把你打趴下为止。

就是这个时候,我爸又病重了,结肠炎,住进了湖南中医院。我在部队不能随便回去,也没脸回去。看病的一万多块钱,是老家的亲戚一点一点拼凑起来的。我觉得自己没用,我爸把我拉扯到这么大,他生病,我连治病的钱都供不出来!

人家390分都去军校报到了,我整个人就像烂泥巴一样瘫了,我的生活就跟我以前挖煤一样,我能走的路很狭窄很狭窄,我弯着腰驼着背,拼了命往前爬,就是没有尽头,永远看不到光明。

连长、指导员三天两头找我谈心,战友们没事就跟在我身边。他们比我还担心。后来,连长说我这个样子不行,得弄点事情让我做。我文化底子好,正好那年部队要配新装备,就让我去学新装备知识。

我是怎么又找回自己的呢?我想了很多,我是家里的长子,顶梁柱,那个家还靠我撑着呢,我不能倒下。部队里还有那么多战友,他们那么关心我,我受了挫折,就想甩手不管了?太不负责任了。我们连就有一个老班长,两次提干没成功,他也没气馁,立足本职岗位,在大型比武考核中优异成绩,多次荣立二等功。我一定要向他学习!我又找到了目标,有了前进的方向。

新装备集中学习15天,没有现成的材料和经验,只能自己摸索。那么短的时间,要学300多页、40个科目的实车操作。而且,还有一批战士,是前期到兄弟部队去参观和学习过的。可我的性格是不服输,我不能比他们差。连队就派我一个人出来学习,学得好差直接关系到连队今后在这个专业上的发展。我就一个字,背!

中午我也不休息。吃完饭就钻进炮塔里,反复摸索操练。手指被枪托砸破,用创可贴一裹,继续操练。人家说,这个人太怪了!我不是怪。我要把所有的注意力都集中到这件事上,这样才不会胡思乱想。

有一次操练时,有一个扬弹机不能正常工作。这是新装备,不可能有故障,问题到底出在哪里?我打着手电,对着书本,钻进炮塔底下一个部件一个部件看,终于发现一个很小的部件安装反了。生产这个装备的军工厂师傅过来,还不相信,说不可能。他钻进炮塔,5分钟后出来,向我竖起了大拇指。

在整个培训中,我总评成绩第一。后来装备正式配到我们连队,我被团里任命为小教员,给战士们上课。也多次在新型武器的实弹射击中首发命中,无论是短停还是行进中都准确命中目标。

去年,我成为这个专业的一级能手。11月,我被团里评为感动全团十佳人物,大家都知道了我的故事,有人还说我是现实版的许三多。到现在为止,我四次被评为优秀士兵,荣立三等功一次。

而我弟弟,也终于如愿所偿,考上了大学。

在挖的人当中,就有郭叔,他已经过早衰老了,胡子拉碴,背也弓起来。他已经习惯了那种生活。

我老做噩梦,梦见自己在乌漆抹黑的煤洞里干活,突然煤层塌方,石头什么的劈头压下来。我大叫一声醒来,身上都汗湿了。

我这 25 个年头,生活得不轻松。话说回来,不轻松的背后是我成长了,进步了。比如说两次军校上不成,这么大的挫折我跨过去了,虽然没达成我的梦想,可是我内在的东西有了。不能笑看云起,我至少有这个勇气去面对。再大的困难,我都不会退却了。幸运的是,现在我看到了光明。这个光明就是我自己的人生价值。

在部队几年,很少有时间回老家。去年 12 月回过一次,我特意去煤矿看了看。我挖过两个煤矿,一个已经关闭了,关闭的那个矿已经荒芜破败,无人收拾,在山谷里冷森森的,毛骨悚然。

还去了另一个煤矿,这么多年了,依然没什么变化。还是有那么多人爬下去,在地底下的煤道里钻来钻去,像埋在地底下的人。在挖的人当中,就有郭叔,他已经过早衰老了,胡子拉碴,背也弓起来。他已经习惯了那种生活。

我跟他打招呼。郭叔认出我了,咧开嘴笑,说,这不是曾桃仁的儿子吗,在部队出息了啊!我就记起第一次跟着他进煤洞,在乌漆抹黑的煤道里,我两腿发抖地问他:怕吗?

郭叔说:有什么好怕的!你怕了?

我说:不怕!不怕!

异想天开

"这也叫飞机啊!这也能飞到天上去,我把脑袋割下来……"我当场就想飞给他们看。

我叫徐斌。我前天刚回来,出了一趟远门,跑西安去了——参加航展,带着我自己的飞机去的。这个航展级别蛮高,叫国际通用航空航天展览。我的飞机摆在那里,哎呀,大家都跑来看。

他们一看,眼珠子都要掉出来:"这也叫飞机啊!就是几根铁架子搭的,这也能飞到天上去,我就把脑袋割下来……"

人家这么说,我当场就想飞给他们看看。飞起来,现在对我来说根本不是问题,我开着自己亲手做的飞机,不晓得上天飞过几次了。可是人家不懂呀,他一看你这飞机,哦,这么简单啊,就觉得你飞不了。

其实,简单才是我们造飞机的追求。我花了多少年的实践,才明白这个道理。越简单,越是好飞机。

我做的第一架飞机就很复杂。这么跟你讲吧,一般的飞机,翅膀不会动的叫固定翼飞机,比方说我们经常坐的那种客机;翅膀跟吊扇一样会转的,叫旋翼机。有的旋翼机是自带动力的,比方说直升机。还有一种是不带动力的,靠着速度快了以后,翅膀被风带动起来——对了,就跟小孩子玩的风车是一个道理——这个翅膀越转越快,再给它一个合适的角度,它就飞起来了。这叫自旋翼。

这些机型里面,固定翼我不喜欢。尺寸太大了!个人造飞机,就坐一个人两个人,没必要做那么大。而且你造好了以后,没地方放。少说说要 10 米长吧,两个翅膀也有 10 米宽吧,要 100 平方米,你停哪里去呢。我就玩旋翼机。

一个骨架,几根钢管,两个叶片。太简单了!马上动手,只用一个月,搞了台飞机出来。

我 21 岁开始做第一架飞机,就是带动力的旋翼机。当时从杂志上看到一个图,想想,哎,这个容易呀,我也能做。就这么开始做了。

男孩子都会喜欢飞机的吧。从小我们就折纸飞机,一本簿子从头撕到脚,发下来的书,书壳都折了飞机。晚上躺在晒谷场上乘凉,看到天上一闪一闪,大人说是飞机,飞机里面还坐着人,我们就觉得那太神奇了。

到了高二,我就不想读书,没意思,整天老师上课,我在下面乱涂乱画。我读不进书,父亲也没法子。他是个木工,一年到头常在外面做活,后来他听人家讲,办个机械厂挺好挣钱的,比做木工强多了。

于是他就张罗着办了个机械厂,要找人去嘉兴学技术。我一听,跳起来说,我去我去。反正我是不想读书了。父亲斜眼看看我,默认了。

我在机械厂当学徒工,一看,哦,原来螺丝可以加工的,原来铁块是可以削成圆就圆,削成方就方的。我就抓紧学。车床,刨床,铣床,冲床……就三个月,我学得差不多了,这东西学无止境,我脑子还灵,可以回家慢慢琢磨。

以前在乡下念书,也接触不到飞机方面的知识。在外面跑跑,有一天突然在书摊上发现一本杂志《航空知识》,一翻,就被吸引住了。有个外国人自己做了一架飞机,有张图片,光是一个骨架,几根钢管,两个叶片。

哎呀,这个太简单了。我不是学了机床吗?哈哈,零件可以自己做了,马上动手,只用了一个月,搞了一台飞机出来。

父亲狠狠骂我一顿。做飞机,你做梦吧?吃撑了吧?正事不会干,搞七捻三不用教的。

父亲厂里只有三台机床用来加工零件。我稀里糊涂的,把很简单的事情,搞得很复杂。比方说,先搭一个架子吧,那好,我就用四根钢管,这里焊一下那里焊一下,变成一个方框。用的是废钢材。

没发动机,好办。我有个朋友,是开手扶拖拉机的。我就求他,把那拖拉机头上的柴油发动机借我。那家伙,300多斤重,4个人抬的。拖拉机多牛,那么笨重的一车东西都能拉,这小飞机还怕飞不了吗?

钢管,我挑粗的来,越粗越好。安全呀。

那时候资料太少了,根本看不到。杂志上是有,但是介绍军用飞机多,没有介绍自己造飞机用什么钢材,怎么焊接的。

我一个月就把飞机弄好了,修修补补却用了半年。这里一看,不对,再加条钢管。那里一看,会晃,再焊接个什么上去。又去修车店买了三个旧摩托车轮胎,中巴车上拆来一个旧坐椅。

最后一看,那东西钢管是横七竖八的。高有2米,宽1.5米,架子长1.2米,加上尾巴,总共好几米长。

当然都是瞒着我父亲搞的。刚开始,我兴致高呀。做一个零件,用塑料布包包好,藏到角落里。后来我父亲看我不对劲,搞什么东西啊?等到我把架子搭起来,仓库里藏不下,他发现了,狠狠地骂我一顿。做飞机,你做梦吧?是吃撑了吧?正事么不会干,搞七捻三不用教的。

我也不敢明着来,就半夜里去。下雪天,在厂里搞到两三点,再轻手轻脚摸回自己房间。

就这样,我用一根根管子焊出了飞机。还是个直升机!感觉真个帅呀。

试飞,什么奇迹都没发生,发动机点火,叶片会转的,而且转得很快,就是飞不起来。

做完了,我就拉出去试飞。

小镇上,只有中学操场稍微宽敞一点,一个人拉不动,我叫三四个朋友帮忙。学校里的老师,周围的村民,都跟看大戏一样围拢来看。一个老师还拿了照相机,说要见证一个奇迹的诞生。

结果呢,什么奇迹都没发生,光听了个声响。发动机点火,叶片会转的,而且转得很快,可就是飞不起来。太对不起观众了。

后来我还是一次次去操场上试飞。我的愿望也变得越来越简单——只要能离地就行了。叶片倒是转得飞快,轮子却牢牢地生了根一样。到后来,看的人越来越少,人家都不来看了,反正飞不起来的,不用看了。

前前后后,卖力地折腾了一年多,光会响,不会飞。现在看来,当时水平确实不行。当时的思维,完全是坐井观天,自己想想的。比如顶上的大旋翼,翼形就像鱼身一样,中间是钢管焊的,钢管上又用钢管焊了几十根鱼骨架,再在骨架外面包一层木板……太复杂了。发动机一点火,高速转动起来,就像要散架一样。

后来我就不敢在学校操场上试了,万一叶片甩出来,砸到人,那可不得了。更重要的是,老飞不起来,我也不好意思了。就到河边找了块空地。也不用跑道,既然是直升机,要能飞,原地就能飞起来。

其实旋翼很关键。叶片它不是平的,得有个形状,高速转动时,会产生上下压力差,才能带动飞机上升。可当时,我哪懂这个呀!

很久以后我才知道,只要做得精巧,两片木板就能让飞机飞起来。

身体一震,妈呀,飞起来了!高兴,紧张,恐惧……飞机发抖,我比飞机抖得更厉害。

2004年我接触到网络,网络真是好东西啊,可惜我知道得太晚了!我在黑暗中磨蹭快10年,就像一只没头苍蝇一样乱窜,网吧让我找到了光明。

有一次在网吧,我无意中搜到国外的图片,恍然大悟!人家老外的旋翼机,老早就这么干了,我真是太笨了!你想想看,我是搞机床的,机床那是做的铁件,又粗又笨重的东西。造飞机,那得精巧,要的是技术。完全是不一样的思维方式。

可是你在看到那图片之前,打死你都想不出来的。好,这时候我知道了,飞机最重要的是,每个零件都要讲究重量。越轻越好。结构,越简单越好。

我着了魔一样去网吧查资料,后来买了电脑,2004年自己家上了网。

可我还是没开工,只在脑子里开工,因为资料还是不够,好些地方想不通。看到杂志上提到江西有个直升机研究所,我就写信去请教。结果运气还真好,有个教授给我回信了。

那时候,私人自制飞机还是很少见的,大概教授看有人这么痴迷,也感动了,就叫我去参观面谈。好嘛,我凑了几百块钱,就去了直升机研究所。绝对没白去!教授跟我讲了很多轻型飞机制造方面的情况,说以后呀,各行各业都要用到这种小飞机,市场大着呢。也跟我讲了一些技术方面的东西,比如怎么减轻重量,怎么一步步来,完成试飞。

我重新设计了机架,这回不是笨重的方框形了,只是一个长十字架形。还花了 6000 元钱,买了一辆赛车摩托车,把它的发动机拆下来用到飞机上。这些都是为了减轻重量。还用铝合金做旋翼。

一边做,我就一边把每个步骤拍成照片,放到网络论坛上去,多少人在看哦。还没人做过这事,可是爱好者挺多,大家都关注着我。

这架飞机,总共有 100 多个零件,200 多个螺丝。每个零件我都小心翼翼地做,到了 2004 年底,组装基本完成,发动机还没装上,我准备试飞。

找了一辆拖拉车,把飞机绑在车斗里,三只轮子用绳子绑定,让拖拉机跑起来,跑到一定的速度后,看旋翼会不会转。会转,好,第二次,看它转得越来越快,能不能带动飞机升空。

把绳子放松,留出 1 米的距离,看飞机能不能腾空而起。那次我戴着安全帽坐在飞机上,心是跳到喉咙口了,怕的。是真怕!拖拉机越开越快,头顶上的旋翼也呼啦啦转动,拖拉机开到 50 码,我慢慢拉着手上操纵杆,调整旋翼的迎风角度,忽然身子下的飞机一震,我一看,妈呀,飞起来了!

高兴,紧张,恐惧……飞机呼啦呼啦发抖,我比飞机抖得更厉害。我是怕绑在车上的绳子受不了力,突然断掉,摔下来就惨了!虽然这时候飞机跟拖拉机之间,仅仅是短短一米的距离而已。

第一次飞上天，下来以后看到报纸上说我"频频向人挥手、抛飞吻"，我笑死了。

我最恨人家叫我们"土飞机"。飞机还有土的吗？100多年前，两个美国佬莱特兄弟的飞机那也不是土得掉渣吗？他们第一次飞，据说留在空中才12秒钟，才飞了36米。

旋翼机如果能在几米高度平稳飞行，那么飞上几十、几百米都没问题。我的飞机在拖拉机上能腾空，就说明能飞了，后来我就飞上了三四百米。

2006年7月11日，我这辈子都记得这一天，我在天空自由翱翔了25分钟，直到油快用完了才下来，成功降落地面，开创了浙江省个人自造飞机载人上天的先例。

从理论上来讲，自旋翼是很安全的飞机，比直升机安全多了。直升机，连美国那么高级的阿帕奇战斗机都会掉下来，别说你自己做的。自旋翼相对安全，为什么？就因为结构简单，它没有传动系统。失去动力以后，旋翼它也在转，基本可以靠旋翼自旋的升力在50个平方米内安全着陆。

不过飞上天去，毕竟还需要一点胆量。说真的，我也知道，每一种会离地的飞行器都没有绝对安全的，鸟还会飞掉下来呢。但我不是盲目的，我飞是建立在一次次练的基础上。全国这种自制的飞机，据我了解总共20来架，只有4个人能飞。驾驶技术，全是自己摸索出来的。我在拖拉机车斗里练了一个月，才敢把绳子放开。

肯定要摔！这些会飞的人里，大家都摔过。它旋翼大，只有三个轮子接触地面,重心不那么稳的。在加速起跑时,如果方向控制不好就会侧翻,骑过三轮车的人就有体会。经不起摔啊,一摔就损失四五千块钱。

第一次飞上天,我特兴奋,下来以后看到报纸上说我"频频向人挥手、抛飞吻",我笑死了。

几次飞,都没出什么问题。可有一次摔得很厉害,也可以算是操作疏忽,还没起飞就摔了,转得飞快的旋翼打到地面,打坏了,底盘一摔就不平衡了,都是钱啊。我自己也摔得厉害,是被后面的坐椅撞的,中巴车的硬塑料坐椅打到腰上,害我在家休息了一个多星期。后来我特意改进了坐椅,用的是汽车专用真皮坐椅。

"一架飞机天上掉下来了!"换一个说法,完全可以叫"50米双人无动力迫降成功"。

动静最大是2008年7月那次。单座飞机我试飞过多次,已经很成熟,我就想开发一架双座,这在国内还没有人试过,我也算支持一下奥运。

那天天气很好,我从市区飞到一条修好还没开通的高速公路上,加满油,我和一位飞行爱好者朋友一起,坐上飞机,起飞,翱翔,转弯,一切都很顺利。

非常突然,传动皮带发生故障,发动机熄火了!本来飞机会产生很大的声音,突然熄火后显得那么安静!当时我们距离地面大约50米左右,必须迫降大桥。就在迫降时,前方有两条高压线,高压线我肯定要规避的,只好拉高,避开电线以后,速度没了,旋翼失去了最好的迎风角度,不能滑翔了,只能垂直降落!

飞机降落的速度很快!在下降过程中,我很冷静,借助一定角度,让旋翼又转动起来。距离地面越来越近!砰的一声,迫降成功。

你都没法相信,我们两个人除了腿上擦了一点皮,什么事情也没有!飞机呢,旋翼摔坏了。

可有人打电话给报社,"一架飞机天上掉下来了!"这还不是大新闻吗?记者也来了,说"一架土飞机在飞行中突然一头栽下,掉落在大桥上……"其实换一个说法,完全可以叫"50米双人无动力迫降成功"。事实上,这次掉下来,我心里更有谱了,对自己飞机的可靠性和安全性更有信心了。可是,报纸登出来,事情就大了。

2006年上天以后,民航部门就来调查过,说我起飞没有申请,也没有登记,是违反规定的,他们让我以后不要再擅自飞了。这次摔了以后,再经"土记者"一报道,他们就来处罚我,要罚我一万块钱。

一万块,对我不是小数字。我跟他们求情,说我家里的情况你们也知道,6岁的女儿每天要做康复治疗,很花钱的。

机械厂早就没办了,后来改成水泵厂,前些年生意还好做。这两年,江苏那边的产品低价打进来,竞争很激烈,我们几乎没有什么钱赚。我女儿早产,脑瘫儿,到现在6岁了,智力水平还不到3岁。前几年,我丢掉生意,一趟趟跑北京、上海、杭州,家里的积蓄都花掉了,没有成效。现在请了一个康复师,住在家里,每天给女儿做几个钟头的康复治疗,一个月两三千块钱。前年又生了个儿子,现在由外婆带着。

我老婆,嘴巴上叫我不要飞了,家里人要担心的。可是她也阻止不了。老早我们谈恋爱时,她就知道我在搞飞机。现在她还是不支持。我父母倒是没怎么说过,他们也从来不知道我在试飞,等我飞了好多次,飞了那么多年,人都好好的,他们也就没感觉到什么危险。再一个,要说危险,开车还更危险呢。

低空迟早会开放的。我想得早点起步做。我们不能老跟在人家后面呀,是不是?

做飞机,从最初的玩,到现在我也慢慢想把它变成我的事业。

我做飞机,人家说什么的也有。如,"那么多人饭都吃不饱,你搞这东西有什么用呢,我看这思维不行。现在不是提倡创新吗?"也有人说,"你做的飞机,太落后了,人家外国人做的多少先进啊,你再来搞这个,一点意思都没有。"

在美国,私人的这种轻型飞机,是很多的,早几年我就听说有5万架。这是什么概念?人家那是老早形成产业了。专门有工厂在制造。这么一架全新的飞机,国外大概是1.2万美金,好点的,那就贵了,光一台好的发动机就要1万多美金。

我常去几个网站转悠,像"通航论坛"、"飞行俱乐部"、"中国旋翼机论坛"等,全国各地飞行爱好者都会聚在网上,现在全国估计有五六千个吧。各式各样的人都有,当厂长的,跑销售的,开店的,上班的,还有几个警察,也很狂热。

有个广州人,太厉害了,网名叫"非法进入",他爸爸以前是空军,他从小住空军大院,喜欢上旋翼机以后,大概基础好、接受能力强,没用两个月就把组装的飞机飞起来了。他还专门跑到我家来过,跟我交流心得,我也跟他共享一些零件。

当然不是每个网友都能飞起来,也有人搞得头破血流,还是没有飞起来。

我这次去西安航展,飞友听说后,专门赶到那边去聚会,也给我助威。去了20多号人,大家吃饭、喝酒、聊天,聊到凌晨2、3点钟。这些人里面有研究生,也有工程师,并没有因为我是高中没毕业,他们就不理我。我的名气也很大,他们平时就经常打电话给我,叫我"徐老师"、"徐哥"、"老徐",问这问那。有时候他们做不出来的关键零件,我也用我的技术,帮他们做做。

在国外,低空是开放的,很多地方3000米以下除了管制的地方外,一些特定的飞行器是自由飞的,至于600米以下的低空,则是完全开放,小飞机可以随便飞。

我们这里,早好几年就在说,低空要开放,低空要开放,到目前还没有真正开放。但是我想,低空迟早会开放的。到那时,如果我不早点起步做,小飞机这个市场就会完全被人家占领了。我们不能老跟在人家后面呀,是不是?

这次去参加西安航展,我就感受很深,小型飞行器也很多,两座、四座的都有,很漂亮,可全是外国人做的,价格也肯定贵死。

我呢,我制造飞机所有的技术,都是我自己的,那些技术参数,全记录在我的大脑里面。现在我们站在起跑线上。前两年,我就有个想法,把水泵厂改造成飞机制造厂。我想,事情做得早,才会走在人家前面。

去参加航展,我的飞机,当然不是飞过去的。打包办托运,这架飞机总共114公斤,相当于一辆轻型的摩托车。运费和开支,组委会出了,我也住了七八天。

现在我觉得,造飞机一点也不难。

打工的日子

如果我不告诉你,你不会知道这是一个工厂。两扇铁门全部布满了锈斑,像腐烂的空心树桩,大概几年都没有人动它一下了,也许明天刮一场大风就能把它吹倒了。厂子里面有三排平房,中间是烂泥地,春天的时候会长满野草。

你顺着山坡走进这个厂子,然后就会被一片嘈杂的噪声淹没了。

我叫陆纯华。这是我到衢州之后的第二个工厂。原先的那个机械厂效益逐年下滑,工人常常闲着等活干;我是出来打工的,第一件事就是挣钱,所以我离开了它。现在这个厂子虽小,只有十多个人,大多是老板的亲戚,可我还是觉得很满足。有活干我们就觉得满足。

我是广西壮族自治区阳朔县高田镇人,4年前来衢州时,还不知道有这么个地方。我坐在火车上,想去上海闯荡,突然想到上海是个大都市,自己没文化,不会做生意,没什么本领,在上海能立足吗?越想越心虚,火车在一个站停靠时,我就下来了。下来一看,这是衢州。我到职业介绍所去找工作,跟着老板去了他的厂,那时候我身上只有一套衣服和一条棉被。从那时开始,我成了一名机械工人。

我们的车间里充斥着无穷无尽的噪音,机床转动发出的声音就像拖拉机在行驶,不规则的声音刺激着耳膜会让人浑身起鸡皮疙瘩。但是现在我已经适应它了。车间里各种机床都开动起来时,声音就像洪水一样把整个房子灌得密不透风。

我就在这种声音里,把一块块沉重的生铁、熟铁加工成零件,车床上有着削铁如泥的刀锯,内孔、外圆、平面,刀具与铁件摩擦产生高温,用来冷却零件的油污把我们的衣服、鞋都染成了黑色,我们手掌的纹路里也有着洗不尽的油污。

机床旁边满地都是铁屑,那些铁屑从铁件上削下来,有的像针一样细,一不小心就会钻进你的鞋里和手掌里。随着机床开动,火热的铁屑跟着火花飞溅起来,溅到脸上就留下不少坑坑洼洼。还有很多细微的夹着金属的灰尘,飘浮在空气中,会钻到人的肺里。晚上开着灯你就会看见,灯光是灰蒙蒙的。所以不管是三伏酷夏还是三九寒冬,我上机床前一定要做的事,就是把那个又黑又脏的口罩套在脸上。我的一个工友从来不戴口罩,他干了 10 年,最近一次上医院照 X 光,医生说他的肺快没用了,里面已经全黑了。我想他的肺里面一定有一大块铁。

机床是一只凶恶的老虎。去年正月,一个工友上班才两天,他的衣服没有扣起来,衣襟被机器卷进去了,把他甩了一个转身,在这危险的关头,另一个工友眼疾手快关掉了机床电源,救了他。他背上受了伤,在医院花了 1 万多元钱,我们都说他万幸,要不是及时关掉电源,可能人都没了。

前一个厂里有个工友姓王,30岁,是个近视眼。他是做铣床工的,机器在转动着,他拿扫把扫铁屑,可能是衣袖被带住了,结果铣床的刀把他右手腕以下的部分全都削掉了。我们都知道,机器开动时是绝对不能干其他活的。可是谁能保证没有一点疏忽呢?他个子不高,平常很闷,半天没有一句话。他老婆很早以前就和他离婚了,据说很漂亮。小孩跟爷爷奶奶过。出事后,大家你50我20给他捐款,听说光医药费就花了2万多,也不知道最后有没有拿到赔偿。老板讲,这种事情能怪谁呢,一般都是自己没有遵守操作规程,或者大意造成的。所以车间里是不允许戴项链、戒指、手表之类的,女人的长头发也要绑起来,戴上帽子。纱布手套不允许戴的,线头疏松,容易被铁屑钩住。

离车间50米远的地方,有一间瓦房,那是我和妻子的宿舍。厂里照顾的,不用交房租,但是只要一下雨就遭殃,外面下大雨,床上要摆三只脸盆接水。有一个晚上我们睡着了,漏下的雨水把棉被都打湿了,我们只好在床上坐了一夜。

我家里有三个姐姐一个哥哥,我最小。我奶奶是个哑巴,我8岁时母亲离家出走,17岁时父亲在一场事故中去世了。几年前我在广东打工时,认识了阿英,后来她成了我的妻子,跟我来到衢州。2006年9月,我们的孩子出生了。可为了挣钱,儿子才满50天时,我们就狠心把他扔给了外婆,又来到衢州打工了。

离开的那天,阿英眼泪止不住地流,我们到了县城,她打了个电话回家;到了市里,她又打电话回家;到了衢州一星期,每天都想孩子。过了几个月,打电话回去听说孩子发高烧,已经住院

2天了！有什么办法呢？孩子住院14天才出院。阿英半夜三更醒来，抱着我哭。直到现在孩子6个月大了，我们已经想象不出他长得什么样了。

前不久出了个事。那是去年的圣诞平安夜，晚上10点多钟，我遭到了三个男子围攻殴打。这三个人是阿凤男朋友的朋友，他们打我的理由是，我妨碍了阿凤和他谈恋爱。

阿凤是阿英的妹妹，才19岁。我们把她从老家带到这里来打工，希望她懂得挣钱的辛苦。打工的日子是不好过的，可是她想谈恋爱了。干什么要这么早谈恋爱呢，为什么不帮家里多挣些钱再谈恋爱呢？可不管我们怎么说，她就是不听，还对我们撒谎，这让我们很伤心。

她的男朋友不像个正当青年。我被他们打了半个小时。妻子一直在哭，这恐怖的一幕必将永远留在她的脑海中。后来我向城东派出所报了案。第二天，我不能上班了，头晕、手痛、肩膀也痛，搬不动沉重的铁件。我向老板借支了400元钱去了医院，共花了医药费434元。后来在派出所的调解下，那个男的出了医药费。

受了伤，就很难干活，只好休息了一个星期。那些零件毛坯有50斤重，我右手受伤，使不上劲，一天不上班就要损失几十元，我非常心痛。我们干活是计件的，比如做"91型生铁粗车"，完成4道工序，每件拿2元钱。有活干的时候，我从早上8点一直干到晚上10点，饭吃完就做。平均下来，我们两人一月能拿到2000元工资，当然都尽可能地省吃俭用。吃饭是吃食堂的，每人每月150元，一天三顿5元钱，这很不错。除吃饭外，我们再买些生活用品,其他的全都要存下来。

现在带个小孩不容易,他吃奶粉每周要 40 元钱,以后要上幼儿园、小学,都要花钱。听说衢州这边城里小孩上个小班,一个学期就要 2000 元,这怎么上得起呢？我们想等孩子再大些,带到身边来教育,放在农村幼儿园,一个月 150 元,有人看管就行。

存下了钱,我们就能干很多事。打工不是一辈子的事,我也不想在机床的轰鸣声中度过一辈子。我想如果有一天,我存下足够的钱,就开一个水果店,这样阿英就不用再与黑乎乎的油污、冷冰冰的铁件打交道了。

2006 年 12 月 17 日,我和妻子去逛街,我们不能买什么东西,因为身上没有太多钱,带了 260 元,200 元寄给了衢州市红十字会。

虽然没买什么东西,可我们都很高兴。这是一件我当作事业来坚持的事情,今生每年都要做到。我们不管将来生活怎样,都会坚持下去。

为什么要这样做？从小我们拿政府救济金生活,现在我能挣钱,我就想帮帮那些穷苦人。在路边看到乞讨的小孩、捡垃圾的小孩,我总是忍不住要翻出原本坐车的钱给他们,自己走路；我在衢州交了很多朋友,好多是聋哑人……也正是因为这样,我的妻子才喜欢上我。从 2003 年我第一次寄出 30 元钱开始,我定时向衢州市红十字会寄钱。

那时候,我的工资很低,身上 100 元钱要从月初用到月底,钱不够的时候就吃方便面。就是这样,我帮助了一个孩子上学。

没书读的小孩真的很不幸,我自己当年就是因为家里穷,失去了读师范的机会,所以我在广西老家找了一个失学儿童,在每个学期开学前,通过红十字会寄去200元钱,现在那孩子就快小学毕业了。

我想我能帮别人的也就这么多了。这样一件事,让我的内心感到非常充实而有意义。我们自己的日子必须一分一厘计算着过,但是我们的明天一定很美好。所以我在酝酿一件更有意义的事,那就是准备以我们孩子的名义,每年捐出100元,坚持到他长大成人。这件事对他的人生也许会有深远的影响。

再过几天,我们就要回家过年了——我已经买好了火车票。

去年过年,我们是在衢州过的。那时阿英怀孕4个月,为了节约一点路费,我们决定等她快生时再回家。我们买了一只土鸭,花了29.5元钱,阿英说:"心痛死了。"我说你怀孕要注意营养,过年吃只鸭子是应该的。年夜饭,我们就只有炖鸭子这一个菜,真香,两个人也没有吃完。

吃好饭,我带她绕着厂子散步,村里的鞭炮乱响,厂里却冷冷清清,听惯了机床的嘈杂声,那么安静我还真不习惯。然后我们看着车子稀少的高速公路,就想到了回家,要是这时在家,又会是怎样的情景呢?于是我和阿英开始回忆小时候过年的情景,因为书上说孕妇要保持心情愉快,我们就专挑愉快的事情说,说得两个人都很高兴。大年初二、初三,我们就到斗潭公园去游玩……

坐火车,跟往年一样,还是没有座位。火车上那么挤,我们都习惯了。我记得前年,就站在车厢过道里,人挤人,站累了,提起一只脚休息,结果脚就放不下去了。车上小偷还多,口袋也被割破了,不过幸亏袋里没钱。我们的钱都放在鞋子里呢,穿两双袜子,把裤脚扎起来,左脚右脚各踩着两三千元,心里踏实得很。

这两天,我们晚上都兴奋得睡不着觉。我问妻子:你回家第一件事是什么?她说:抱小孩。她又问我:回家第一件事是什么?我也说:抱小孩。她说不对,你要好好洗个澡,把自己洗干净再抱小孩——身上全是油污!

我看看挂在墙上那件布满油污的工作服,想想还真是对呢!于是我们两个人大声地笑了好久。

二 斯里兰卡的空气

让我为你唱支歌

冬季里一个停电的晚上,教室里黑黑的。坐在我右前桌的女孩梅向我娓娓地讲起这样一个故事。

初二的那一天晚上,学校也像今天这样停了电。年轻的班主任胡老师留下全班同学,神秘兮兮地宣布说要搞一个活动。不一会儿他又变魔术似的发给每个同学一支小蜡烛。当所有的蜡烛都被点燃时,整个教室就笼罩在一种朦胧摇曳的温暖之中,红红的烛光映着每张兴奋的脸庞。胡老师说:"我们就在这个停电的晚上搞个烛光晚会,每一位同学都要准备一个节目,每一位同学都要上台表演。"

那时候我是个很羞涩的小姑娘,像一只自卑的丑小鸭。所以我就紧张得不得了,不知道表演什么节目。晚会开始,没有同学勇敢地第一个走上讲台。然后胡老师提议由文娱委员第一个表演,然后抽签,抽到谁的学号谁就表演。

文娱委员婕唱了一支《月亮河》。动听的歌声在烛光里飘荡,撩拨着每个人的心弦。我愈加紧张起来,开始搜肠刮肚地想节目。婕的《月亮河》唱完了,一片掌声在教室里响起。接下来就要抽签。我感觉到脸上发烫,不由得默默祈祷但愿不要抽到自己。

胡老师叫了个25号,我松了一口气。25号同学站起来朗诵了一首诗。对了,如果万一抽到我,我也朗诵一首诗吧,就那首《我爱黄河》,我非常喜爱的一首诗……这时候25号同学抽出了8号同学。8号同学走上讲台,轻轻地唱了支歌。我想我还是唱支歌儿吧。唱哪支歌呢?我开始使劲地回忆会唱的歌。又抽签了,我感觉到自己手心里满是汗水。抽出20号,我又舒了口气。唱支《洪湖水浪打浪》吧。对,就唱这个歌吧。20号同学站在讲台上,脸涨得通红。她是全班最内向最羞涩的女孩,她真不知要表演什么节目。20号同学站了好久,仍然红着脸一言不发。胡老师说那么大家把蜡烛熄掉,等到20号同学唱完一首歌再点燃。于是大家都把各自桌上的蜡烛吹熄。过了一会儿,一个很轻的声音在黑暗的教室里响起来,20号同学唱了一支《洪湖水浪打浪》……

我想我唱《茉莉花》吧,别人唱过的歌最好不要重复。如果抽到我唱,我就也让大家把蜡烛熄掉,这样就不会太紧张了。

又是一片掌声响起来。20号同学唱完了歌。又是抽签。如果抽到我,我就唱歌。抽出42号。42号同学于是讲了一个笑话。我想再抽到我我也不怕了,我准备好了呢。一片哄堂大笑响起来,才知42号同学的笑话讲完了。抽签。现在我倒有点儿希望抽到我了,因为我将给大家唱支很好听的《茉莉花》。抽到30号……抽到22号……

没想到一直没有抽到我的学号。我有点儿高兴,又有点儿失望。这次抽到的会不会是我?这次呢?每次抽签,我总是紧张极了。后来我干脆想,就抽个我的9号吧,反正我已经准备好节目了呀……

然而直到胡老师说"由于时间关系,晚会就到此结束",还是没有抽到9号。我很高兴地从座位上站起身,才发现一只衣角已被自己手掌握得湿湿的了。拿着蜡烛走出教室的门时,我却感觉到自己心底在高兴的背后还隐藏着深深的失落。独自回到寝室,我竟委屈得趴在被窝里哭了起来……

梅把故事讲到这里,我们就这样沉默了。我怎么评论那个羞涩而自卑的小女孩呢?真的找不到合适的语句。其实我们都有过这样的故事呀,在希望和不希望,高兴和失落之间……

沉默良久,我说梅,那么在这个停电的晚上,请你唱一遍那支许多年前就准备好的《茉莉花》,好吗?

梅动听的歌声在黑黑的教室里响起来,飘荡着……我惊讶于梅竟有如此美的嗓音!一曲终了,却有好些掌声在教室四角响起,不由得把我们惊了一惊!接着便有四五处红红的烛光亮起,原来是好多同学悄悄坐在教室里,听梅讲着这一个故事……

那是整个冬季最温暖的一个夜晚。我们都相信。

斯里兰卡的空气

一

斯里兰卡的空气。

我在南山路上一直漫无目的地往前走。偶然间一抬头,在一排花花绿绿的招牌中间就发现了这样几个蓝色的大字:斯里兰卡的空气。

像是都市丛林里见到一泓恬静的湖水。脚就不由自主地向它迈去。

一间很雅致的小店。在推开挂着风铃的木门时,眼前的一切竟让我怔在那里达五秒钟之久:琳琅满目都是大大小小的玻璃容器,全部蓝色——水蓝、天蓝、紫蓝、湛蓝、深蓝,还有许多叫不出来的蓝——简直是一个晶莹剔透的玻璃童话世界!

第一眼见到那个有着细细水裂纹的透明玻璃樽时,就觉得它该摆在自己书桌前的窗台上的,可以用来装半瓶干花。

这个多少钱?我装作漫不经心地问坐在屋角听歌的店主。

500元。那男子头也没抬。

听到这个数字时我尽量表现得不动声色。其实我在心里狠狠地骂了一声这个男人。这种老板我见多了,他们见我年轻就想宰上一刀。

这么贵？不就是一个玻璃樽么？我可不是那么容易上当的,我准备开始砍价。

那老板已走过来,他说:这个玻璃樽本身并不贵,贵的是玻璃樽里的东西。

这里面有东西么？我觉得很好笑:空气？

是的。那男人脸上带笑,神情却很郑重。

我忽然记起这间店的名字:斯里兰卡的空气。

那男人问我:想听故事吗？

我想都没想就点了头。反正闲着也是闲着,而且也许有个好听的故事。

二

有一个男孩和一个女孩,他们恋爱了8年。终于有一天他们结婚了。所有的亲朋好友都来祝福他们——他们是世界上最幸福的新郎新娘！

婚礼第3天他们开始蜜月旅行。目的地早在几年前两人就选好了:印度东南方的一个岛屿,斯里兰卡。他们都知道那是一个美丽的地方。金色的海滩、高高的棕榈树、盛有无穷秘密的古城、高耸的神庙与佛像……

他们还听说:在拉菲尼亚山下的海滩上,当月亮升上中天、银辉洒满沙滩时,新婚夫妇共同盛装一瓶空气,以后每年结婚纪念日拿出闻一闻,他们的爱情就能甜蜜永恒……

为了这个斯里兰卡的传说,男孩与女孩满怀喜悦与幸福地出发了。

是不是人间越隆重的幸福就越容易遭致命运的嫉妒?上帝啊,为什么幸福如此脆弱?

飞机还未离开地面就冲进了机场附近的民房……

6个月后男孩一个人来到了斯里兰卡的海滩。他在那里躺了两天两夜,他做了一个梦,梦见斯里兰卡的海水漫过他的前半生。醒来时,男孩看到皎洁的月亮爬上了拉菲尼亚山。男孩用一个大大的玻璃缸盛装了满满一缸的斯里兰卡空气!

他在这个城市的某条路上开了一间小店,专门出售空气。他要把爱情的甜蜜与幸福带给这个城市所有的有情人!

每年,在他与她的结婚纪念日之前,他都要到斯里兰卡去。回来时带回来大瓶小瓶的斯里兰卡的空气——他知道,也许,这就是对她最深情的怀念……

三

我的泪水早已肆无忌惮地流淌!

当我擦湿最后一张面巾纸,抬眼望见那男人还沉浸在他忧伤的回忆中。

连满屋子的空气都是捏得出泪水的忧伤!

时光已然停止。

有时候我们以为自己看见的是空气,其实我们看不见的都是幸福;有时候我们以为自己握住的是幸福,其实我们握住的只是空气。

那男人缓缓说出这两句话!

四

450元。我很不好意思地说,我身上只带了这么多钱。

男人把玻璃樽用一张玻璃纸仔细地包好,递给我,说:给有情人,价钱已不重要。

拉开叮当作响的木门,当我斜挎背包迈入街上汹涌的人潮中,我不止一次地回头望。斯里兰卡的空气。我看见那个蓝色招牌像一面指引幸福的旗帜,立在每个人生必经的十字路口。

写到这里,我的目光离开电脑显示屏,停留在书桌前窗台上的那只蓝色透明玻璃樽上。那里面装着这几年来老公送我的干枯的玫瑰花瓣。那一天当我离开那个小店回到家中的路上,我遗失掉了玻璃樽的瓶塞!

后来在许多个夜里凝望着玻璃樽,我甚至怀疑,"斯里兰卡的空气"的店主他根本就没有去过斯里兰卡!

——但是这些都已经不重要了。我想,这尘世间的爱情,大约已经像这尘世间的空气一样平淡而永恒了。

半枝铅笔的温暖

平时很少看港台的娱乐节目,总觉得太无厘头,但这次偶尔看了一会儿,心却被悄然打动。

说是一个女孩,想找一个曾在十年前暗恋的男孩。流年飞逝,斗转星移,她年少时的情思他却一丝丝也不知。此后,两人分离,辗转,各自生活,相互再没有音讯。多年以后,这女孩子借着电视节目,想寻找到他,看看,现在的他,还好吗?

在节目现场,男孩终于出现。尽管早有心理准备,但她望着那成熟许多的男子,问着好时,还是落泪了。

于是两人通报姓名,学校,年级。她叫高慧君,他叫翁廷楷。他们借着彼此的叙述把记忆回溯到青春年少的时光。

她说,那时候自己家境不好,文具不够用,有一回,他拿自己用的半枝铅笔送了给她。便是这半枝铅笔,让她感动至今。

他很惊异。他不知道自己小小的一个行为,会给她心上留下如此深刻和印痕,任是十多年光阴也磨损不去。

她说,那时候,"翁廷楷"这三个字,对她便是一种温暖,这个名字陪她走过一个又一个寒冷冬季。

他说,在他眼中,她是个文静内向的女生,当初他的关心也许出自他的自然本性,甚至他根本不知道自己不经意的关爱举动,能给一个柔弱女子如此之久的温暖。

他甚至有些惶恐。他说,我不知道,自己不经意的小小举动能在你心中生出如此大的温暖。他说:"现在我很是担心,不知道我是不是也曾有不经意的举动,在你心中产生莫大的伤害。"

听了这话,我便知道,这翁廷楷真是一个善良而能体贴人的男人。

如今他已结婚,翁夫人也来到了现场。她和她,像姐妹一样地拥抱。翁夫人听着这:"半枝铅笔"的故事,也感动不已,她说了一句话:送人玫瑰,手有余香………

猪场的快乐时光

我们靠在足浴店的椅子上,一边洗脚,一边聊天。姓蒋的朋友说起,他学的是兽医,原先是在一个大种猪场上班。那是在离城偏远的郊区,他每天喂猪。就算是大学生,新来时也是从最基础的事情做起,喂猪就可以培养你和猪的感情。

比如当你推着一车的食物,从猪房的大门走出去,长长甬道两边的猪,立刻会蹦起来,把两只前脚搭在门上,哦哦哦地朝你叫着,长长的口水就从嘴边挂下来。他于是左一铲、右一铲,把猪食铲给猪们吃。

吃完了,他给猪栏打扫卫生。

说到这里,他从椅子软垫上欠起身,说叫"单手扫栏"。他用两手比划着,"左手拿着冲水的皮管,右手握着一把扫帚,把猪舍打扫得干干净净。"

他这样说的时候,我们都从他的脸上看到一种自豪——仿佛"单手扫栏"是一种高精尖的技术活儿。

就像我们当年在医院上班,抽静脉血时,我用单手就可以抽血一样——右手握着针管,把针头准确无误地扎进静脉血管,拇指食指和中指捏着针管,无名指往外顶开塞子柄。这个过程,一般医生需要两手配合才能进行。

朋友讲到猪场的那些生活,露出留恋神情。

其实是真的,每种生活都有值得自豪的理由。

每次把猪舍打扫干净后,他就可以躲到一个小房间里烤红薯、玉米吃,很香。

那时工作很轻松,他又年轻,无忧无虑。

种猪场有个女孩长得浓眉大眼,很喜欢他,经常陪着他值班。他不值班的时候,就借一辆自行车来,驮着她到一片竹林里去,弹吉他给她听。去了好多次,可是,连手都没有牵过。

不久,她回了老家县城。

后来有一个女实习生,也很喜欢她,有月亮的晚上,他们跑到猪场的稻草堆后面去,在那里接吻。

他说那是最美好的吻。那时他20来岁,她十七八岁。

她快毕业时,给他打过电话——打他的BB机。那时有个BB机已经很牛了。

他上班时,要换上"鸡皮"(一种形似现在背带裤的防水工作衣,穿法是两脚套进衣内,拉链从下腹部一直接到胸口),进场去冲洗猪舍什么的。BB机挂在换下的裤腰上。等到干完活出来,再去很远的场部找电话,开通外线,拨通电话时,对方早就从公用电话亭走开了。已经过了一个多小时了。哪里还找得到人。那时候通讯很不方便。

后来她毕业回了广西,他们也再没有见过。

不过他还是很喜欢猪。大肚子母猪快要生产时,他们就把那些母猪集中到另一间屋舍内,二十四小时轮值陪护。小猪生下以后,他们就给小猪编号,在身上写上号码,给它们排队吃奶。它们会认乳头。他会把个子偏小的小猪排在靠前的乳头,个子稍大的小猪排在靠后的乳头,因为前边的乳头出奶量会大一些,这些大小猪兄弟们就会长得比较匀称一点。母猪一般会在半小时排奶一次,其他时候,小猪吸半天都吸不出奶的。

他经常做给猪做配种那些事。放两个麻袋,公猪就会爬上去,他把取精管套上去,半小时后就能取到满满一啤酒瓶的"种子"。那么些"种子",足以让十几头母猪有喜。

他说公猪到后面会排出一种类似栓塞剂一样的液体,很多,就像口香糖一样。原理就是当它把种子播种到土地里以后,再用栓塞剂把"瓶口"塞起来,这样就大大提高了命中率。真是奇妙的事。

后来猪场还花大价钱,从丹麦引进了一头宝贵的公猪。那头猪,好像是花了15万元。

他们把这头来自丹麦的性服务工作者当作宝贝一样供养着,好吃好喝地招待。

那头猪比他们幸福多了。他们一个月才三四百块工资,种猪场里女孩子也不多。那头丹麦猪,却有数不尽的妃子供它使用。

他的两场爱情都毫无进展,无疾而终。我们都笑他了。他老实地承认,那时候确实不太懂。

要是那时候他就大五岁,情况就不会那么糟。比如在竹林里以及在稻草堆后面,完全是什么都可以发生的地方。

我们继续大声嘲笑他:那两个女孩一定在心里很恨——你个笨蛋,连猪都不如。

他把头靠在椅背上,继续无限神往,这个现在自己开了一家公司的中年男子,很怀念种猪场那过去的时光。

现在,那个种猪场大变样了——你要是去了都完全认不出来。他说,以前那里荒山野地的种猪场,现在开了一个大酒店叫香格里拉。以前是住猪的,现在是住人的。

以前猪们在种猪场里干那些事儿,现在人们在酒店的床上干那些事儿。

万米高空上的情书

我看见她推着餐车走过来的时候,我的心按捺不住,怦怦地跳个不停。

"我们有鸡肉汉堡和牛肉烧饼,您要什么?"

她笑意盈盈,笑起来的时候嘴角上弯,我敢保证那是我见过的最甜美的笑容。

"嗯……热咖啡……"我先要了一杯咖啡,然后在鸡肉汉堡和牛肉烧饼之间徘徊。其实我才不在乎这两者之间到底有什么区别。我只是在想,我应该如何开口,向她说一句话。

我不敢看她的眼睛。她不是最美丽的空姐,但是她让我心里慌乱。她走到下一排去了,我手上捧着食品盒,这才发现手心里都是汗了。

我打开盒子,享用这一顿晚餐。飞机在万米高空平稳飞行。气压低的缘故,一个小面包的密封包装已经膨胀得鼓鼓囊囊了。我的心跳为何如此激烈?莫非也是因为气压低?

我几口就吃掉了盒子里的食物,包括一个面包、一份牛肉烧饼、一小包榨菜和一颗橘子。牛肉烧饼,我真的没有吃出什么味道来。

我等待她来收走我的盒子。但是她还没有出现。我扭头去寻找她的身影,发现她在机舱的尾部忙碌着,那里亮着灯,她穿着红色背心样式的制服,身上像笼了一层透明的纱。

心里矛盾了好久,我才决定去按头顶的呼叫按钮。灯亮了,我的心又紧张地跳了起来,跳得我的椅子似乎都有点震动。而且呼吸急促。我长长地吸气,慢慢地呼气,努力想让自己平静下来。

我不知道这是怎么了。我曾经谈过恋爱。但是……

当我一抬头,发现过道里站着一位空哥,彬彬有礼地问我有什么需求时,我终于彻底地放松了。说实话我有些泄气,也有些庆幸。我不能在她面前表现出丝毫慌乱,那样就太没有面子了。

我于是又要了一杯咖啡。

过了二十分钟左右,她又过来了。我尽量保持声音的稳定,向她询问这趟航班的飞行时间。她告诉我了,可是我又忘记了。我只是偷偷地去看她挂在胸前的小牌,而且看见了。她叫孙燕。

这时,我看见邻座的乘客,正在把桔子皮之类垃圾装进清洁纸袋中。我拉开前面的书报夹,发现了一个纸袋。我从包里掏出钢笔,在洁白的纸袋上写字:

你的笑容如此美好,令人难忘。

我希望飞机不要飞得这么快,以便把时间延长。

我握着钢笔的手在微微发抖。写几个字停顿一下,尽力斟酌出合适的字句。写下这两行字,我想了想,又在前面加上"孙燕",然后飞快地在下面写下我的名字,还有一个电子邮箱。

我快速把纸袋子折好,看了看邻座的人,没有人发现我在写什么。

她推着餐车,一排排收食品盒子。她对每一位顾客微笑,笑起来的时候真的很好看。到我这里了,我把盒子递给她,她把盒子叠好,放平。我鼓起勇气,把折好的纸袋子也递给她。她快速展开,又迅速叠好,然后放进衣服左边的口袋中。这个过程中,她快速地抿了一下嘴角,但是似乎又没有抿……我没有发现更多的细节。因为我不敢继续再看她了,那么近。

我第一次觉得飞行的时间过得太快,当广播里说飞机即将在前方降落的时候。我一下子想起了很多很多名人,想起了牛顿,他如果在苹果落下的时候没有思考,他就成不了伟大的人物。我也想起了盖茨,他如果没有抓住那些稍纵即逝的机遇,他也不会有今天。

我借口上厕所,向舱尾走去。如果不试一下,你会后悔的。我对自己说。我继续向着亮着灯光的舱尾走去,灯光下的红色背心是那么耀眼,像一团火焰在燃烧。

我结结巴巴,语无伦次。当她终于明白我想说什么的时候,她也笑了,而且微微有点脸红。

"我飞每个航班,都要收到十几个情书。"她说,"而且都写在清洁袋上。"

后来我已经忘了我是如何走下飞机的。我背上背了个大包,左手拎着一个巨大的旅行箱,右手是手提包。她站在舷梯门口,微微地俯身,向我告别:"新年快乐。"

机场的风真大啊,天气很冷。我转过身,看见她还站在舷梯口,一团温暖的灯光包围着她。她笑得那么甜美,我不知道这辈子还能不能再看见她。

"新年快乐。"我默念着这句话走出了机场。

我从来不相信,这个世界真的会发生奇迹。但是我偶尔还是会打开邮箱,看看是不是有一封孙燕写来的信。最多的时候,我一天打开过20遍邮箱。

我可以吻你吗

他仍在老地方等她。这是他们毕业分手两年之后的一个下午。他到她所在的城市出差,顺便约了她相见。

中午的时候,人忽然多了起来。大学校园里涌出来许多青春逼人的男孩女孩,顷刻间挤占了大部分的座位。人声鼎沸,他忆起他们的爱情,像忆起一首久违的忧郁情歌。那时候他和她,白衣飘飘的年代,纯真的时光,以及校园林荫道上,他们牵手踏着夕阳和落叶的那无数细碎的脚印,如今都丢失在哪里了呢。

两年来,他心中一直有个遗憾。他是多么多么想吻一下她的唇啊——那么新鲜娇嫩的花瓣,即使只让他轻轻地触碰一下,他也知足!然而,没有。那时他很胆小,羞涩,面对圣洁的爱,他不敢提一点点非分的想法!唯一的一次,毕业前夜,他们一起坐在湖边,柳影婆娑,月光朦胧,他凝视着她清澈的眼眸,终于情不自禁地问道:"我可以吻你吗?"

她想了一下,回答:"不。"

"为什么?"

"问了就不可以。"

他于是不再追问。他们一直坐到月落西山,露水打湿了裙裾。

毕业后,他爱过,分手过,但难忘的是她的影子。他多想吻吻她的唇啊。有时他想起那夜她的话,他便对自己说,我真傻,我为什么要问呢?那时候自己多没有经验啊,如果可以重来一次,我会默默而深情地……

这时他听到了谁叫自己的名字。抬头,越过重重叠叠的学生弟妹们的身影,他看到她着一身蓝色牛仔裙出现在他面前。

他们隔桌而坐,长久地含笑地注视对方,嘴里说着胖了瘦了的话。周围的人很多,他们要很用力地讲话才能让对方听清。很多的时候,他们什么话也不说,只用目光交流,仿佛要从对方的脸上看出两年的光阴有没有留下什么痕迹,或者抹去什么痕迹。

他们要了两瓶啤酒,两菜一汤。毕业以后很长一段时间,他们甚至都以为自己已经老了,但是这一次,又让他们回到了从前。

饭后,他们在路边的桂花树下走了好久,聊了好多,直到最后,他要坐火车离开。于是他们挥手,不停地挥手。他不停地回头,她仍站在原处。

有一句话,他一直没问,"我可以吻你吗?"

他多想多想吻她一下啊。但是他终究只是牵了一下她的手。

五子棋

她最爱下五子棋。

以前,她总缠着他一起下棋。在阳台上的阳光底下坐着,一张围棋盘,两把黑白子,五子连珠,上下纵横左斜右贯,一不留神就被他赢了去。

每每这时,她就牵着他的衣袖撒娇,我没看到嘛,我要悔棋嘛……

每每这时,他就一脸无辜,那样子似乎是说我赢你也不是故意的啊。然而看到她的嘴巴好笑地翘起来时,他只好伸出手指去刮刮她的鼻子,让她悔了棋去,然后接着下。

这样下五子棋的结果,当然总是她赢的多。

赢了,她就满脸阳光。

后来不知怎么,两人分了手。之后,他便去了遥远的南方城市,而她依然留在江南小镇。

在天气很好的午后,她站在阳光底下,忽然想下棋,却找不到下棋的人。

好在能上网。于是跑进书房,打开电脑直奔联众游戏世界。

一样的方格棋盘。一样的白子黑子。然而手上握着的,却只有鼠标。

第一回合,她输了。

第二回合,还是输了。

第三回合,下到第5分钟,她只能对着电脑屏幕发呆:眼看着又要输了。左思右想,回天乏术!而对方却不停地催促:快!快!

于是急急地去点击屏幕右上角那个"悔棋"。对方回复:不同意!

不甘心。一而再再而三地去点"悔棋",然而对方也咬定牙齿,就是不同意!

她火起来,一怒之下,强行退出了联众世界。

关了电脑,她一下子想念起他来。她多想这时候他能在自己身边,不为别的,只要能陪她一起下盘五子棋——能让她在就要输了的时候,刮刮她的鼻子,然后让她赖皮地悔棋。

翻箱倒柜地从抽屉深处翻出一个盒子,从里面找出他的手机号码。忍了好久,这一刻却不管不顾地要找到他!不管他在多么远!

电话听筒里,却一遍遍重复着同一个声音:您拨打的手机是空号。您拨打的手机是空号。

站在阳台上,她的眼泪一颗一颗滑落下来,落到棋盘上,溅开了阳光的朵朵七色花。

那一刻,你念着谁

结束丽江的游程,那天傍晚我们乘飞机转道昆明,再由昆明乘火车回浙江。

丽江的太阳落山晚。已经六点多了,透过候机室的宽大的落地玻璃,仍可以看到红霞将半边天渲染得美丽异常。同行的许多人跑到另一边去买保险,更多的人则抓紧时间给家人打电话:"马上要登机了,机上不能打电话,到昆明再联系你。"

有一个女人,跟我们旅游社一同来游玩的,正靠在一个男人的身上,远远躲在候机室靠窗的角落里,说着绵绵的情话。

同游几天下来,我们都知道了她的故事:说是来旅游,其实是抛开家里丈夫,跑来云南同她的情人约会。每天的行程里,都不见她;我们也常见她出入于一辆接送的豪华汽车。熟悉她的人说,那老板很有钱。

登机了。我们都排队上机了,她还靠在男人身上;接着抱在一起,散开后拎起行李走开,还突然回头在男人脸上亲一口。

有人发出讥笑的声音。有人寓意深刻地说:"这么美的丽江,真不舍得走啊。"女人匆匆忙忙地上机,在与我隔了个过道落座后,脸上还泛着潮红。

从丽江飞昆明,50分钟时间。在空中飞了20多分钟后,原本平稳得如履平地的飞机却突然颠簸起来,先是轻轻摇晃一下,接着左右大幅摆动。机舱里顿时骚动。空姐通过广播说,飞机遇到暴风雨中的强气流,有些颠簸,请乘客们系好安全带,不要离开座位。好在这颠簸一会儿就结束了,我们长长呼出一口气来,我和女友的手心都是汗。

然而,在平稳数分钟后,飞机再一次遭遇强气流。这次情况更严重,颠簸的幅度更大,仿佛飞机随时都有掉下去的危险。我们的心都提到了嗓子眼。女友趴在我的怀里,一句话没说,却默默流泪了。

这时我们听到那女人哭起来,声音越来越重。我听到她哭着对邻座的同事说:"刚才登机前,我忘了给家里打电话了……没跟毛毛说几句话,没跟阿远说几句话……"毛毛是她的4岁的孩子,阿远是她丈夫。

那时大家都胆战心惊的,没有人搭她的话。好多人还回头,有点愤愤地看她。

她却浑然不觉,继续带着重重的哭腔说:"我对不住阿远……"

20分钟后,机长告诉我们,飞机无法降落,改飞贵阳,等暴风雨过去后再飞昆明。半个多小时后,飞机在贵阳机场一降落,那女人立即打开手机,哭着给家里打电话,说了几句话,就被空姐制止了。

两小时后飞机再次升空。当大家的双脚终于踩在昆明的土地上时,所有人都像在生死之间来回走了一遭,脸上浮满了劫后重生的庆幸和喜悦!

很久以后,听别人说起,那女人跟云南的男人分手了。是真的分手——他们强调说。

而我一直坚信,她的抉择是在那次航班上作出的。

他只看一眼

在同个公司上班,却从来不认识。

公司组织职工到江西旅游。油菜花烂漫了层层梯田,新绿的老树倚在溪边,白墙黛瓦的徽派建筑散落在青山秀水间,深吸一口气,都是叫人舒展的春天气味。

整天窝在都市的格子间里,满脑子都是压力。走到田地间,她欢呼起来,一棵树、一朵花、一座桥,她举着数码相机频频按下快门。她只顾捕捉镜头,完全看不见别的,左脚就踩进秧田,半边裙尾已深入水中。一只手伸过来,象救命草。她拉住他到溪边浣洗。他搬来大石头,让她坐在上边,湿的鞋袜摊晒在树枝上。他坐着陪她聊天。太阳很好,暖风里有香气袅袅。她想是不是自己也该找个人谈恋爱了?

晚饭在一农家,他俩赶去已经开席了。两人分插到两桌的空位,遥遥相对,她举杯过眉,用目光谢谢他。他一笑举杯饮尽。收回目光,见同事在看自己,她不觉脸上微热。

后来,电梯、员工大会、餐厅,每有机会,她的目光流转,寻找他沉稳内敛的身影。几经辗转,弄到了他的手机号码,一天中午,她信息发去:江西一行,有你照片在我相机里,如何发给你?

照片上,她们一伙合影,他从旁经过,只留下一个瘦影子。借口而已。他回过来他的 MSN。

头像闪动,他在线。只隔着两层楼板,却要在网上联系。她不禁笑了。于是她的电脑上就有了他。

一上班,先按下电源键,见他头像灰着,便心里落空。头像闪动,偶尔有一搭没一搭地聊,即便不说话,她也觉得心安。

有一回,她问起江西的菜,他也说,对那桌农家菜印象深刻,是在城里酒店饭馆无法用体验到的。

她大着胆子,写道:"透过马兰头炒蛋,透过土鸭和紫苏烧鱼,我偷偷地看你……"她心乱跳。

他并未接茬,回过来的是:"还有酸菜炒土豆片……"

"我多想捕捉到你的目光。"

"我的目光落在那一盘青菜上。"

她在试探,而他似乎在避让。

隔了好久,对方发来信息:"溪边你浣洗衣,我注意到你的戒指戴在右手中指,而我的,在左手无名指。"

阳光透过落地窗,打在办公桌上,她一时有点头晕,半天才勉强发过去一个笑脸:"不,我的在左手。"

他已经结婚了。她有些悔恨,自己为什么不早想到这一点呢。她能感觉到,从那山水之间的农家,到公司外边偶遇的街头,他看到她的目光,明明是有太阳温度的。可那温度又总如火柴棒的光,一瞬光亮既又隐没。

"我只能远远地喜欢,然后,看你嫁做人妇,看你怀孕生子,看你青春逝去,看你垂垂老矣……我只在一旁,偷偷地看你一眼。"

她心里"啊"了一声。

尖锐的痛,划过心上某个区域,如春梨划开冻土,汁液从创口溢出。

只怪夜色太美丽

婚后第二年,沉默越来越多地横亘于两人之间;第三年,他们开始吵架;第四年,他们终究在离婚协议上签下了各自的名字。

当初,他们的恋爱被所有的朋友看好,认为可以厮守终生。当时她是这样想的,他们同甘、共苦,走过生命中最刻骨铭心的时刻,他们当初也认定,没有什么是比珍惜人生时光、好好爱一个人更有价值的事情。

四年前……

她一个人背包去旅行。平常拼命惯了,公司里半年度的业绩成果排名,她的名字处在第一位,得到的奖励是半个月的休假。香港、上海,她一听就没有兴趣了,密密麻麻的人头,看得人眼晕。乌镇、绍兴那样的水乡,本来是适合她的心性的,可惜现在人工多过自然,也让人兴味索然。

她于是去江西与浙江交界处,爬山。那山有些名气的,却不如"五岳"贯耳,游客倒不如其他胜地那样繁乱,她的心思,是下山后,再顺路去号称"中国最美丽的乡村"的婺源小住十天,让在都市喧嚣里麻木了的心灵彻底地舒展。

没想到会误了时间。东游西荡贪看风景,满山皆绿的植被,及素有"小黄山"之称的奇松、怪石,本来牵绊不了她的脚步。兴许是命中注定要遇见他,所以她会流连在一条悬崖栈道两个小时,而只因,曾在一本画报上看到那里的落日云海美得惊心动魄。

最后赶到索道站的时候,只有一个工作人员在打扫场地。"再慢二十分钟,你们真的要在山上过夜了!"那人嘟哝一声。她这才注意到身边还有一个男子,下巴上留着一把胡子,肩上挎着一台笨重的相机。

他们坐上了同一个缆厢,她朝左边看天边的斜阳,他朝右边按动快门,他们始终没有说一句话。她记得有人说过,旅行的一半诱惑力,在于艳遇。而她是完全不相信这样的事情的,比如眼前这小小缆厢,40分钟的路程,你怎会爱上一个陌生人?!

他们结婚的时候,他说,如果他们不在一起,实在是有负上天的恩赐。她当时是相信的——不然,为什么在半路上,索道会停电呢?而工作人员都以为,所有游客都已经安全下山。

缆车毫无征兆地停在半空中,她花容失色。脚下虽然已经不是云蒸雾蔚的悬崖,却也是郁郁葱葱的灌木丛,假若这个铁盒子像个西瓜一样落下去……她不敢想下去。她找手机,但是手机不在,她出门前特意把手机留在了家中。现在她后悔了。她开始哭泣,开始是小声的,后来声音越来越大。

"哭吧,把心里的恐惧和压力都哭出来。"一个冷静的声音,让她找到了救命稻草。"你把手机借给我打个电话吧……"她泪眼蒙胧地说。

"我的手机也没有信号了。"他说。

"你看,从这山上望过去,晚霞是多么美啊。"他说。她只是想海扁他。这种时候,谁有心情来欣赏那些虚幻的美,在生命安全都得不到保证的一刻。

像是看透她的心情,他用非常专业的语气,说缆车99.9%是不会掉下去的,而最最坏的打算,就是在这半空之中,度过一个意外的夜晚。

这样一想,她心里果真平静许多。尽管心还是悬着,山风吹来,一晃一晃,像要从嗓子里掉出来,然而,见眼前那人安之若素的神态,她不禁把一口浊气长长舒出,然后偷偷拭去了眼角的泪,有些不好意思。

他笑了,把对着夕阳"咔嚓咔嚓"的镜头对着了她,眼角带泪的那张,在泪珠被拭去之前,已被相机捕捉。

之后,他们开始聊天。那真是一个奇妙的生命体验。在只有两平方米的空间之内,他们从各自的旅行开始聊起,聊到工作和生活,聊到理想和做梦,聊到自己的童年和下一代——如果他们能从这个缆车安然地回家。

"我要好好爱一个人,结婚,生个孩子。"她的眼神那么悠远。

"没有什么比这更重要的事情了。"他的目光那么柔情。

夜色像轻纱一样披上了山林,湛蓝的天空里撒满了星星。她从来没有见过那么梦幻的星空。她把头探在缆车外边,仿佛自己就坐在摇篮中,她想了很多事情,经过这个意外,让她发现生命中有些事情变得不太重要了，有些事情又变得重要起来。

她在夜鸟的啼唱中睡着了。夏夜，不怕着凉，但他还是脱下了自己的长衬衫，盖在她身上。她甚至不知道自己睡得有那么安稳——在一个陌生男人的注视下。她醒来，是在他的呼唤下："快看日出！"

有人说，男人来自火星，女人来自金星，平时大家都各顾各的。在钢筋水泥丛林的都市，即使每天都乘坐同一辆公交车，乘坐同一部电梯，甚至坐在同一间办公室里，彼此往往都很陌生，连付出一个微笑都显得非常吝啬。而上天如果给你一整夜、两平方米、一个异性，以及只有电影中才会出现的浪漫戏剧情节，你会相信，这一定是上天的安排。

如果故事到此为止，我们都会相信这是一个完美的爱情。然而生活并不都与人们的意愿一致。日复一日的都市节奏，会让人把小小的理想掩盖。她渐渐恢复了分不清工作和生活的界限，他也渐渐淡忘了"好好爱一个人"的誓言。当有一天，终于两个人都有时间出去旅行，他默默想要分开旅行。

在另一个著名的风景点，他不停地给公司打电话，不停地搬出笔记本电脑工作；他不愿陪她看夕阳，宁愿在房间里看新闻；他用客房的床套擦鞋，坐风光人力车的时候，没给车夫一个好脸色……

她心都灰了——这样的男人，当初是怎么看上他的？！

办完离婚手续出来，他们挥手道再见，就像刚刚结束一场共同的旅行。如果说这场旅行是个错误，那么只能怪，当初夜色太过美丽。

帘后青春

"我本不是村里的人。"秀老师默想了好久后说道:"那时,我17岁,高中毕业后来姑姑家玩。我不大出门,有时跟姑姑到溪里洗两件衣服,大多数时候在窗后读书。"

淡淡印着碎花的帘子,垂在窗内,被晚风拂得荡漾如水。

"我的窗子对着一片土豆地,常能看见三、五个人在劳动。有时在读书空隙,一抬头,就可以见到几个光着膀子锄草的男人。一天早上,我推开窗子,忽然发现开工的人群中多了好些新鲜的面孔。他们是知识青年,上山下乡来了,那群黝黑的背脊间,一个单薄的身影在阳光下白得晃眼——他真瘦。"

"后来我便天天寻找他的身影。我没见过他的面孔,却在心里觉得他可亲,看着舒服。我于是天天看,天天看。有时他不在这块地里,我就站在窗前,远远近近地寻他,像追蝶一样。"

"我变得羞怯了,要姑姑给我的房间装起了帘子。我特意挑了那种有蝴蝶花样的。帘子打开后,稻香和青草气息漫进来,帘子被风吹得飘摇不定,我的心神也飘摇不宁。"

秀老师的语速,极其悠缓。

"突然有一天,那男孩跑到姑姑家门口来了。我手忙脚乱地跑去开门,一句话也说不出,只是呆呆地瞪着他。他也呆了,嘴巴动了半天,才吐出一个字:'锹。'我回过神来,脸上火热,把锹借给他,回身就跑进房,坐在帘子下。"

"一个夏天过去了,那男孩的背脊也晒得黑里透红了,但我仍然可以一眼找到他。我在帘子下绣着手帕,盼着有一天,他跑来讨碗水喝,我可以掏出这手帕,给他擦汗……"

微微天光里,秀老师停顿了好久,我们看不清她脸上的表情。

"后来家里接到通知,我也得下乡'修地球'。那手帕还揣在我的兜里。通过爸爸的努力,我挑选了这地方。一个月后,我卷着铺盖来了,谁知道,他却走了。"

"我不相信他真的走了,跑去问知青点的人。他们说,是啊,走了一批,分到其他农场去了,我连他的名字都不知道!"

"回来后我哭了一场,就在那个帘子下。后来我跑到窗外那片土豆地里,扒拉了半脸盆泥巴回来。我想,这泥里面,肯定有他落下的汗水呢。"

"再后来,我就呆在这块土地上不走了。我留在这里做了老师,教娃娃们念书。踩在这地上,他好像就还在我的身边。"秀老师结束了她的故事。窗外清冷的月光洒进窗棂,帘子上的影子婆娑地印在了竹床边,影影绰绰的,正是那蝴蝶的图案。

阿寻终于忍不住,说:"那后来,你一直……没有……意中人么?"

秀老师一辈子没结婚。

月光下,秀老师银白的头发朦胧如轻雾,她说:"我,不是一直都有么?"

那一夜,我的梦里都是窗帘,洁白轻薄如蝉翼。

有风,从古吹到今……

穿过 40 万米去看你

19 岁那年,我坠入爱河。然后我们就毕业了。那时我连她的手都没有拉过。

洁是个美丽的女孩子。在分别那天,她转身离去时,我禁不住流了泪来。忽然我听到有人叫我,抬头见到她泪眼婆娑地回到我面前,说:"吻我一下,好吗?"

我亲了一记她的额头。她跑出去了。

此后,我回到了家乡,我们之间的距离有 40 万米。坐火车是 8 小时。

我真的非常想她,我把自己关起来,整日整日地想她。终于有一天黄昏,我草草收拾了一件衣服,双脚不由自主地迈向火车站。我的脑海中就晃动着洁的影子。那时候我固执地认为,有爱人站的地方,就是家了。

火车哐当哐当的响了一夜,在那声音里,我第一次安静地睡着了。

醒来时,上海正是早晨。我问了很多路,好不容易找到了洁所在的那家医院。在医院走廊里,透过病人拿化验单的小窗口,我看到洁穿着白大褂,在忙碌着,偶尔和同事说几句话。

我真高兴啊,在火车上梦见的姑娘,现在终于活生生地站在我的面前。

我在走廊的椅子上坐下来,保持着一个姿势,以便能在那个角度看到洁。坐着坐着,身边的嘈杂吵闹声都没有了。

"喂……"一声欢呼,洁惊喜地拍了一下我的肩膀。我抬起头时,脸上笑着,只是呆呆地望着她。"你怎么会来这里?坐在这里多长时间了?怎么不叫我……"洁拉起我,往医院外边走去,边走边不停地问我。

我什么都忘了说,我所有的感觉就是,见到她了,真好。

在洁的宿舍里,我们客气地说着话,始终保持着一臂长的距离。直到下午,又快到黄昏了,我站起身来,对洁说,我该走了。

洁和我一起下楼,并肩走着,她轻轻掸去我肩上的一小片落片。然后在车来车往的马路边,我们挥手道别……

半年之后,我又去上海看过她一次。那天清晨,我来到她的窗下,见到那一碎花的窗帘,我感到很满足。我采下一大捧花堆在她的门前。然后我就走了。

后来我就没有再去看过她。

2004年秋天,她嫁了人,我也找到了自己的妻子。这么多年来,其实我不知道她知不知道,那个曾将一捧花堆到她门前的男孩是谁……

我的故事就是这么平淡。它可能在你身上也发生过。

行走的爱

她靠在小店门前的藤椅里,手上一本书,午后的阳光暖暖地照在身上。

一个影子覆住了她的视线。抬头看见一个高大男子,背着一个巨大的旅行包。他说:"有野外鞋吗?"

她点头,带他进店,任他在一堆鞋中拣着。

谁也不知道,他们的爱情从此开始了。他没有找到一双44码的鞋,她主动说帮他进货,只要三天,如果来得及……他说,不急,他就住在一街之隔的青年旅社。

三天后来拿鞋的时候,他们坐在门前的阳光里聊天。他在一家公司做设计,生性不喜束缚,常年在外游走,刚从一个陌生的小镇辗转到另一个陌生的城市。

后来还聊了什么,他们都忘了。她的记忆里,似乎小巷的人流车声全都销声匿迹了,她心里却开了一朵又一朵花。

"留下来吃晚饭吧。"她说。

很快,小方桌上出现了一盘翠绿的豌豆尖,一碗乳白的山菌豆腐汤。他喝了一口汤,喃喃自语:"我都忘记有多久没喝过这样的豆腐汤了。"

晚饭后他乘夜行列车走了。那以后,时常有明信片,飞到她的手中。明信片上有蓝天白云,却从来没有一句"我会想你。"

有时两个月,他回来,要喝她煮的山菌豆腐汤。有时是半年,他回来,还是要喝一碗汤。

她的小冰箱里,不知道什么时候开始,就常备着野山菌和嫩豆腐。她常常怕有一天他突然回来,而她买不到新鲜的野山菌。

她总以为他知道她的心思。他却从来没有一句承诺。

她进去看小火炉上炖的汤,故作淡然地问:"还走吗?"他的声音含糊:"嗯,明天。"

一滴泪不争气地落下来,落进乳白色咕嘟咕嘟响着的汤里。她忙用手背去擦眼角,锅铲却掉到了地上……

一双大手,从身后伸过来,把她揽进怀里。他把火车票送进小火炉,亮起一朵橘红的火花。"我决定,不走了——在外面我总是越来越想念,你煮的豆腐汤。"她把头往后仰,再后仰,终于放心地靠在了他坚厚的肩膀上。

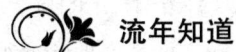 流年知道

20岁的时候,他暗恋上一个女子。

那女子生得极美,肌肤若玉,乌发如瀑,莺语娇嗔,一举手一转身,无不透出可爱。

而他,只傻傻地,用目光追逐她的背影,甚而,只要目光里有她,他的心就被幸福溢满,快乐得颤抖。

于是他开始偷偷写诗。一字字,一行行,一页页,都是她的影子,他的爱慕……

他又开始投稿。那时候诗歌还很吃香,诗人是顶着金色桂冠的。他想,只要我第一首情诗发表出来,我就会给她看,然后告诉她,我喜欢她。

然而,一封封邮出的信,换回的,是一张张退稿辞,大多数,就遗散在了远方,没有任何回音。

写了好多年。他终于放弃了写诗,却成了远近闻名的小说家。

期间也发生了好多事。她嫁人,他结婚。高天流云,人聚人

散。而他的暗恋,她终究一点不知。

在他30岁时候,忽地收到一封信,是诗歌杂志社寄来的新杂志,翻开,他的一组诗,赫然在上,其中一首《致GY》,竟是十多年前写给她的情诗!

那一刻,他想笑,眼里却涩涩的。他不知道,是谁,在跟他开了一个10年的玩笑?

而那个他暗恋很久的女子,他曾经一见她的身影就颤抖的女子——现在,竟是他的同事,每天坐在他的旁边。

他着意看了看她。她如今有些胖,正站着和领导说话。领导坐着,她下意识地不安地微微弯着腰。他从背后看到她这种极不自然的体态,怔了好一阵子。

他在想,到底怎么回事,我曾经,真的那么痛心疾首地,喜欢过眼前这个女人吗?

他不知道。也许流年知道。

邮寄的爱情

好几年前的事情了。

女友在遥远的另一座城市,生日快到了,他却没有时间去看她。他决定把生日礼物寄给她。为了这件生日礼物,他苦思冥想了半个月之久,最终他选择了两样东西:一小瓶CD的香水,两包菊花茶。

提前一个星期,他从邮局寄出了包裹。那个小小的包裹,把他全部的思念都带去了。"最迟一个星期就会到了。"邮局的工作人员这样告诉他。于是他放心了,他想像着这个包裹日夜兼程,越过万水千山,终于传递到她的手中。她双手捧着它,她的指纹覆盖了他的指纹,打开一层层的包装,惊喜会在意料之外。

然后他忍着不打电话给她。他想,如果打了电话,惊喜会不会大打折扣呢?他想只要她收到礼物,一定会给他发短信或打电话的。

五六天之后,还没有收到任何消息,他按捺不住,去电话旁敲侧击。显然,包裹还没有抵达她的手中。挂了电话,他暗自期待,邮局的人不是说一个星期吗,那就再等两天吧。

生日那天,他打电话过去,女友显然有些失望,因为他的礼物没有按时抵达。它搁浅了,或者留置在某个阴暗的角落,邮局的人赶着下班而忽略了它。

十天后,她还是没收到。女友说,寄的是什么东西?他说,是香水和菊花茶。——这时候还保什么密呢?

十五天后,他又打电话,仍然是没有。

他火了,冲到邮局去问,邮局的人服务态度很好,让他填单,为他查询,答应两三天后告诉他结果。

查询结果反馈回来了。"五天前单位章已经签收了。"他们说。于是他打电话让女友去单位查,果然,包裹在他们传达室的角落里呆着,已经积满了灰尘。他们单位的收发员回家探亲了。

打开包裹,女友发现:那瓶香水已经打翻了,瓶塞歪斜,香水已经挥发殆尽;菊花茶也因此变得奇香,但是大约也不能泡起来喝了⋯⋯

女友安慰他。他痛心疾首。早知结果如此,倒不如让这个包裹消失了吧。那样说起来,倒也是浪漫的一种:因为路途遥远,思念芬芳了一路。可惜结果呈现眼前,却如此令人不堪了。

后来这段爱情无疾而终,因为种种原因;他却始终认为与这一次包裹事件脱不了干系。

"爱情就像邮寄包裹,最初的浪漫、期待、惊喜最终会被生活莫名其妙地消耗掉,一干二净。"他写下这句话,算是为那段爱情划上一个句号。

怀念暗恋年代

多少年之后,老同学相见,说起当年的事,如依稀梦回。

在湖边吹着夜风,喝着酒,欢声笑语里仿佛个个都回到了十八九岁的青葱时光。玩色子游戏时,有人提议说,谁输了,便说出当年的一桩秘密心事,须是喜欢谁谁什么的。

哄的笑一声。席间有男有女,笑过之后,竟然异口同声地赞成。

小小的色子,如有着魔力一般,在小盅里蹦跳翻滚,又落到桌台上,不停转圈,久久不止。在周遭的大呼小叫里,待它终于停稳时,众人便刷一声,齐齐地将目光聚到男同学A身上。

A同学当年是个小毛头,一天到晚琢磨奥修和气功,半夜月圆时,还会坐在床上入定,被同学称做"天外之人"。如今呢,他是个不算太成功的商人,但西装还是笔挺,皮鞋也总是油亮。

A同学还是有点腼腆。在大家一再起哄下,他才说,其实当年他喜欢过林。

大家长长地"哦"起来。女同学林坐在其间,不再年轻的脸上,不由得泛起好看的颜色。林说,不可能!喜欢我怎么不早说,害我白白浪费了四年,没谈过一次恋爱!

色子被顺时针方向传下去。下一个中招的,是女同学莲。

莲当年是我们的班花,不知有多少男同学向她偷偷递过纸条。可我们都不知道,到底是谁俘获过她的心。莲三缄其口。大家起哄,说你不说,这游戏就进行不下去了。莲终于说,曾有个男生叶,和她牵过几天手。

大家叫起来,快快坦白交待,你的初吻有没有毁在他手里!

莲竟然点了头!在座的男同学,当场义愤填膺,几个站起来说,这个混蛋老叶,早知如此,我们真要扁他一顿!有的说,后悔当初没下手哇……

闹一番,啤酒一杯杯喝下去,气氛越来越好。接下来,是男同学 B。

B 故作深沉。说,他坦白出来,大家不能笑话。大家说好。B 说,其实一开始他喜欢林,后来见林对他没什么意思,他就喜欢上了莲,因为追莲难度太大,敌人太多,他转而喜欢了梅,继而还喜欢过兰和云……

一桌人都想把 B 踹到湖里去!

到最后,一圈人都"坦白"出了当年自己的"暗恋"对象。一阵阵惊叫,一声声懊悔,一次次若有所思。

没人计较那些暗恋的真假。正如大家都忘了自己的年龄。

散的时候,夜色如水。他们勾肩搭背,风里吹来他们的话:"暗恋……小孩子时候的事情……"

一臂之外的 5 厘米

她轻轻地跳上路边矮矮的花栏。张开两只嫩藕般的手臂,像蝴蝶的翅膀。她的十指,如正弹着钢琴,轻灵地舞动。

他在她的左手边。在她的手指可以触及的 5 厘米之外。他甚至可以闻见,凝脂一般她手掌皮肤的淡香。

这是可爱的夏季的黄昏,夕阳西下,把他们的背影拖得老长老长。

风吹动她的长裙。蓝印花布的清纯,比不上她洁白如荷的十八岁。

整个小城都飘着晚玉兰的香,街边的人群和自行车悠悠然然地划过,他们就像在岸边行走。

许多次了,他们就这样走着。不说话,那无法言说的美妙感觉却不由自主地漫在彼此之间。然后,她跳上半膝高的花栏,小心地张开翅膀,摇摇晃晃地,平衡着她的身体。

翅膀有时在他的眼前晃过,照着斜阳,几乎可以看到透明皮肤下紫色的小血管。尽管,始终,隔着 5 厘米的距离。

她就那样走过长长的栏杆,小心翼翼,走过一个又一个黄昏。他就那样陪她走过长长的栏杆,若即若离,走过一个又一个黄昏。

而这一次,她脚下一滑,惊叫一声,翅膀快速晃过他的眼前。他一怔,赶紧伸手去扶,已来不及,眼看着她摔倒在草地上。

好在,脚未伤着,只是裙裾,被一丛荆棘剐出两脉细线。

他扶她起来,心疼地问候,然后继续走。他不再让她走栏杆。两人之间,仍然隔着一臂长的距离。

她心里知道,来不及,只因为那5厘米——令人生疑的5厘米。她想,当时,她的手,如果是在他的肩头……

他也知道,只因5厘米,他无法牵住她的翅膀。

她刚从学校出来;而他,已经三十二三,家小已齐。他们之间最短的距离,也要一臂之外,再加上5厘米。

山核桃

　　暮春温煦的斜阳铺洒在阳台上,小艾在一只摇椅上坐着,院墙内一棵广玉兰洁白如云的花朵缀满枝桠间,使得空气中飘满了那种清新的花香。摇椅边的一只小方凳上摆着一盒山核桃。小艾伸手拈起一颗,出神地端详了一会儿,然后又站起来,到阳台的一角去向着屋边的小巷探看——这时候,下班的人群在小巷里多了起来。

　　手掌心里握着这颗山核桃,坚硬的触觉分外真实地抵达内心。小艾从前照一本书上做过"你前生是哪一种植物"的游戏,一番真真假假的测试后,小艾的前生是一棵核桃树——小艾笑过就忘了。现在想来,这种坚果果真是结在小艾命运树上的果实……

　　静谧而充满来消毒水味儿的病房里,小艾躺在床上,望着窗外阳光明媚的天空,眼里慢慢就噙满了泪水。似乎窗外的春天离小艾很远,小艾无法走出去,只能窝在这狭小的白色空间里——小小的碰撞,都要在小艾的皮肤上留下青紫一片数日不退的痕迹。查了许多家医院,有说是血小板减少,有说是血液病,医生的说法都各不相同;也吃了几大筐药了,也未见皮肤上的紫癜有明显减少的迹象。小艾已灰心,常常就有一种莫名的恐惧与担心,这种感觉袭来时,小艾只好一个人默默地躲在被窝里流泪。阳光、天空、绿的草红的花孩子们追逐的笑声,都在窗外,都在窗外!

"小艾,没事儿就敲点儿山核桃吃吧。"阿榕的声音响起,小艾转头,见一身白大褂的阿榕立在床边,颈间挂着一副听诊器手,手上托着一包东西。

小艾无言地摇摇头,凄然一笑。她欲言又止:"阿榕医生,我的病……"

"小艾,没事的,现在你只要好好休息,一定能好起来的。"阿榕医生脸上浮上了笑容。阿榕医生的笑容是一种很明亮的笑容,这种明亮能感染给看到这笑容的人。其实阿榕看上去也不比小艾大了几岁,戴着一副金丝眼镜,有浓浓的书卷气。

小艾望着那双眼睛,里面有不容抗拒的鼓励。小艾点点头,心里一直堵着的石块稍稍轻了些许。小艾还想听阿榕医生说些什么,可这时有隔壁的病人匆匆地跑来叫医生,阿榕随即将一包山核桃放在床头柜上,丢下一句"你吃"就跑出去了。

小艾一贯是排斥吃坚果的,松子、核桃之类,甚至栗子。小艾的牙不好,咬不动;而且吃这些东西太费事,像只松鼠般咬啊掰啊,对于一个女孩子来说似乎不太雅观。况且,小艾哪里还有吃东西的心情?这包山核桃被小艾拿起看看就放下了,但她从心里觉得这阿榕医生心地真好。

傍晚的时候阿榕脱下了白大褂,接班医生接替上班了。阿榕医生来到小艾的病房,说:"小艾,你该出去走走。来,我陪你。"不容分说的语气。小艾原还担心碰撞,但阿榕医生的话又无法拒绝,转念一想,有医生陪着有什么担心的呢?就小心地下了床。

医院后花园里草木葱茏,蜂蝶飞舞,低矮的灌木被工人修剪得很圆,冒着亮绿的嫩叶。草地上有个穿着病服的小男孩在放风筝,拖长了线在跑,想把一只鹰飞上天去。望着这生机盎然的一切,小艾的心情果真是好了许多。阿榕医生赞叹了一句:"小艾你看,这外面多美!待在房间里的人,又怎样能感受到!"不等不艾回话,他又说,"我从国外一个医学刊物上看到,人们心理对于疾病的康复具有任何药物都无法比拟的作用。所以小艾,你现在最需要的不是特效药,而是信心!"小艾听着这一番话,心底如涌出一股甘泉清清亮亮地淌过神经,望着阿榕医生的笑脸,小艾重重地点了点头。真的,一切都是那么美好!

晚上小艾食欲大增,破例吃了一碗大云吞。闲了时拿了本书在读,眼角又瞥见床头柜上的山核桃,忍不住掏出两颗来吃了。这东西看上去只有拇指大小,没想到却是这样坚硬!小艾费了好大劲才咬开,"嘣"的一声,牙根都酸了,满嘴的碎屑,小小的果肉仍是藏在坚硬的壳的崎岖缝隙里。小艾一边小心吐出嘴里的壳屑,一边望着掌中碎裂的核桃,脑海中又浮现出阿榕医生那张明亮的笑脸。近日不知为什么,只要她的脑海一有空,就一定会映出这张笑脸。她的心弦莫名地拨动了一下,眼里露出一抹异样而少有的妩媚……

阿榕医生的离婚在医院里是个爆炸性新闻。

那天小艾下了床去厕所,走过病房走廊的拐角时偶然看到医院院长和阿榕医生正站在窗边。他们谈话的声音很轻,似乎听得院长说:"……希望你正确处理好家庭、感情与工作的关系,不要影响工作时的情绪……"小艾觉得有些好奇,还想听他们说些什么,但这时他们的谈话已告结束正转身过来,小艾于是一低头,拐进了厕所。

"那是个很泼辣的女人!结了婚还整天上歌厅舞厅,阿榕哪有那么多时间陪她……这样对阿榕倒好!只可惜才两年时间……"小艾经过护士办公室的时候,也听到了两个四十多岁的护士在小声地嘀咕。小艾的心像是被个大锤重重地一击,一时竟有些懵。

结婚了……离婚了……一张明亮的笑脸……一个泼辣的女人……小艾的头脑里一团乱麻,进病房门不小心撞到另一张病床的床头,膝盖痛得发麻!小艾一下就落下了泪来,呆呆地坐在床上,同室的病友见了,都关切地询问一句,小艾却只是摇头。

傍晚时候阿榕医生照常来查房,脸上的笑容已黯淡了许多。查到小艾这床时,阿榕医生问得很仔细:"今天的心情怎样?药有没有吃?"小艾又只是点头,却不敢看他的眼睛。终于阿榕医生走向了另一床,小艾看见他的背影,竟有些心酸。在他走出病房的时候,小艾叫住了他:"医生,我想到花园里走走,可以吗?"阿榕转身过来,答道:"那好的,但你等一下,我陪你去。"

一会儿查房完了阿榕医生就过来,陪小艾下了楼到后花园。

小艾欲言又止。她还能说什么呢?一切都来得太突然!阿榕医生的脸上,还留存着婚姻失败的阴影,眼皮浮肿,头发也不见了往日的光彩,而那明亮的笑容又到哪里去了呢?小艾觉得自己真傻,一株嫩嫩的草芽,还未顶破地皮见到阳光,就被预约了枯萎!

一时竟没有话说!沉默如同一道篱笆,横亘在二人之间。随它去吧!有些话不如不说。

还是阿榕医生仿佛忽然记起,先开口问道:"小艾,有事吗?"小艾说:"没事,闲着想走走。"阿榕医生从白大褂口袋里掏出半包东西,"这山核桃对许多血液病的治疗有帮助,但未见到确切科学依据——你不妨吃点看看。"又是山核桃!小艾心里一酸,这东西原本不该属于我……见小艾无语,阿榕医生又说:"你吃一颗看,挺香的。"他递过一颗来,小艾只好接了,皱起眉头放在牙间咬,一用力,"嘣"一声,一嘴的碎屑,分不清哪是壳哪是肉了,只好吐了一地。阿榕医生说:"不是这样咬,应该上下咬……"一边说一边做示范。小艾注目看他认真的样子,终于忍不住说:"我们上楼吧。我累了。"

在病房小艾捋起裤腿看膝盖上的撞痕,还好,只有些红肿。想起那张笑脸,终于落下泪来。

第二天一早,她不顾护士的劝说,固执地出院了,带走了那包山核桃。

已经两个多月了,小艾天天傍晚都要到阳台上去。在下班高峰人流最多的时候,小艾就趴在阳台上望着小巷口。车水马龙熙熙攘攘的小巷里,人群,小贩,三轮车,自行车,汽车,吆喝,汽笛……在这些繁杂的事物之间,她时常能发现一个骑自行车的熟悉的身影。

　　远远地在小巷尽头出现,小艾就仿佛能从空气中嗅到一种淡淡的消毒水味儿。从小巷一头到小巷另一头,200米。骑自行车50秒钟。他总是骑着一辆凤凰牌,一丝不苟地从一头骑到另一头,小心地避免在这狭窄的通道内发生撞车事故。小艾心平气和地看着这个人出现50秒钟,然后消失在小巷的另一个拐角处。这已成了小艾每日的一项功课。

　　一边看一边吃山核桃。

　　小艾买了一支核桃钳。把核桃放在钳中一夹,坚硬的壳很轻松地就碎裂开来。可惜太轻松了,钳子咬开的核桃都太碎了,小艾不得不从一堆碎屑中耐心地找出星星点点的核桃肉。

　　小艾把核桃当药,天天吃。她已经开始喜欢吃这种坚果。当看似坚硬的核桃壳在铁钳之间清脆地碎裂,当细碎的果肉混杂在大堆的壳屑中,当小艾摊开手掌小心地翻拣⋯⋯小艾想起许多事物。求生作为人的一种本能是那么坚强,但有时生命本身竟是非常脆弱的。好好的活着,好好地爱着,珍惜每一天,是多么好啊。小艾望着小巷内纷纷扰扰的人群,每一个人都在奔波,看上去是活得多么充实而幸福——其实许多人是否忽略了生活简朴而本真的一面?"经过一场大病的洗礼,我什么时候变成了一个哲学家?"小艾自嘲地笑笑,也许每一个人都有自己的活法,谁也没法把自己的意志强加给别人。

　　小艾对阿榕医生的情绪已渐渐淡下来了,不再牵肠挂肚了。小艾一边养病,一边变得快乐起来了,有时还写一些文章,写好了就自己一个人欣赏。但她仍是每日傍晚要到阳台的角落朝着小巷里望。看一辆老式26英寸凤凰车从小巷的一头到另一头,像是看潮涨潮落,看花谢花开,成为一种风景……

但小艾从不叫他。

也许一抬头,他就能看到她。但他从没有。

雨忽然就大了起来。小艾慌忙到阳台上收衣服。小巷里卖苹果梨的小贩拉起三轮车跑了,一个个行人抱头鼠窜,顷刻间小巷里已不见了人影,只有玉米粒似的大雨点敲打在坑坑洼洼的路面上,溅起纷纷扬扬的雨雾。

远远地,小艾闻到了淋湿的消毒水味儿。小艾抬腕看表,正是下班时间。小巷尽头,那辆老凤凰出现了,阿榕医生正雨里猛冲。小艾看不清那个人的样子,但她知道是他。

那么大的雨!"哎——"小艾在叫。

那么大的雨!"哎——阿榕——"小艾在叫。

自行车在雨里停了下来。那个人抬起头,雨点一定打在他的镜片上了。他摘下了眼镜,用手背在擦拭着。那是一场好久不曾有过的好雨!烟雨迷蒙中,二人对望着,但都看不清对方。

"阿榕——"小艾大幅度地打着手势,"上来——我有伞——"小艾大声地喊。

"我天天都在吃山核桃——"小艾大声地喊。

三　有些事,年轻时不懂

有些事,年轻时不懂

有一件事,他一直耿耿于怀。

22年前,他24岁。从没见过长江,他说要去长江漂流。他以为漂流是件好玩儿的事,以为长江就是南京长江大桥下面的风平浪静。

当他站到金沙江虎跳峡旁边,人都吓傻了。什么叫胆战心惊,什么叫人的渺小,他感受到了。那是天上来的水,在磅礴的力量下,江水以万钧之力撞击着石块,发出轰隆隆的巨响在几公里以外都能听见。

他之前,已经有5位队友牺牲在长江的恶浪里。

要漂流虎跳峡,父母死活都不同意。那是送死,他母亲说。

是他逼父母下的决心。他说:"如果不同意我去漂流虎跳峡,我和你们断绝关系,这辈子再也不回家了。"他父母最后说,断绝关系好了,他们不要他去送死。

其实他心意已决。值得庆幸的是,万分之一的机会,他活下来了。但是他也失去了很多,他伤了父母的心。

其实他父母并不知道,面对虎跳峡,有一刻他也想过退却,但是他不能,因为他是漂流队队长。

美国人在后面。美国人沃伦在漂流印度恒河之后,有记者问:"你的下一个目标是哪里?"沃伦手指东方:"中国,长江。"他和一群年轻人都不服。长江是中国人的,凭什么给美国人先漂?

半年之后,他们穿越沱沱河、通天河800里无人区,闯过无数急流险滩,经历6300公里漂流,抵达长江入海口。

他是英雄,他的名字轰动了全国。当一切重归平淡,他对父母充满愧疚。

他后来才知道,当年的抉择对父母来说,是多么残酷。

22年后,他46岁,在一个小县城里安安静静地办企业。好多年,没有离开过家乡。他说,每一个人,都要好好地爱父母。

年轻的时候,眼里没有别人,只有自己。

"什么时候才开始醒悟的?"

"直到我自己有了孩子。"

母亲的心

那年夏天,举重英雄占旭刚披上战袍,奔赴雅典奥运会赛场。

得知消息后,我们便立即奔赴英雄老家。一个小山坡上,两层小楼,有一个小小的院落。敲开门,英雄的父亲母亲高兴地迎出来。屋里,摊了几大本影集,许多照片散乱在桌凳上。母亲手上拿着一叠照片,一张张翻给我们看,是旭刚从小到大的留影。"前些时候,中央电视台的人打电话来,让我和旭刚爸到北京去,在演播室里看旭刚参加比赛。"她说,他们两人想来想去,还是不去了,怕坐车。而且,只有在自己家中看孩子比赛,心里才踏实。"每一次比赛,我和他爸都不敢看。在电视上也不敢看。"她眼睛红了。"我还记得,14岁时,旭刚离开家到杭州去练举重。"她说,一年半以后,她才见上他一面。她用手比了一个高度,说那时候,旭刚还只有这么高。"旭刚第一次在外面过年,早上起来,就想回家,想着想着,他就流眼泪了……""旭刚第一次吃海鲜过敏,住进了医院,他让队友不要跟家里说,因为'妈妈知道,会哭的'……""训练受伤了,老家正好有人去看他,他偷偷把衣服拉起来遮住伤处,怕我知道……"

这些,都是好多年后,人家告诉这位母亲的。因为旭刚从来没有向她说起一个"苦"字。

而母亲,有好多话,也不会跟旭刚提起:"那些年,见到旭刚的信来,总是要流泪……""每次他有什么重大比赛,连电话都不敢接,整天心咚咚地跳,也不敢给他打电话……""每次比赛,我不敢看电视,有时假装有事走开。等到结果出来了,大家在欢呼,我却忍不住要哭……"

我们坐着,听着一位母亲的絮絮叨叨,很久都不忍说些什么。我们知道,从旭刚第一次拿金牌开始,她的心就被拴在了那沉沉的杠铃上。他得到的金牌越多,她的心就悬得越高。

这一次,拿过两次奥运会金牌、已是31岁"高龄"的旭刚,又要复出。母亲说,"劝了他好几次,儿子啊,年龄不饶人,你现在已经很光荣了"……他却说,"妈,我想再拼一拼……"

出征前,旭刚在北京训练,母亲在老家住着,不敢给他打电话。旭刚打电话回来,说:"妈,你要支持我。"母亲说:"我支持你。你尽力就可以了。妈没有要求,第一是身体……"

奥运会比赛那天,我们又来到旭刚老家,那里已经聚集了二三十位记者,长枪短炮都架好了。在小院里,我们坐立不安,等到凌晨一点。

鸦雀无声的几分钟。旭刚第一把没有成功,第二把没有成功,第三把还未开始,坐在人群中的父亲母亲,已经快步走进房间,不敢再看比赛……

县领导来到家中,送上鲜花:"旭刚虽然没有成功,他依然是我们的英雄!"记者们的闪光灯仍然闪个不停。母亲含泪笑着,"这个比赛结束,他该结婚了……"

院子里,一丛月季,开得红艳艳。

她的名字叫妈妈

一

有一个西北女人,她长得很丑,也没有文化。她家里穷,偶尔吃一顿饺子,算是改善生活。她买一点肉,揉好了面,做好饺子,看着丈夫和儿子吃得很香,她高兴极了,但她自己却从来不吃。她自己呢,煮一碗面条胡乱吃了,脸上都是满足。

剩下没有吃完的饺子,她给留起来,给儿子下一顿吃,自己还是不舍得吃。

这种事太平常,她从来没跟儿子说过。儿子整天风风火火,也从来没有注意到。

儿子长大了,不孝敬她。动不动就大声地呵斥、责骂,根本没有发现她曾经的满头乌发已经像霜染过的枯草,也没有注目过她曾经光滑的脸上已经沟壑纵横。

但是她从来没有怨言,只是默默地承受,并且依然像从前那样爱护着儿子。

这样一个女人,也许她一辈子都不知道"伟大"这个词。她对儿子的爱,像黄土黑石一样粗粝,她所有的付出都没有想过索求回报。在她看来,这一切理应如此,再正常不过。

她生来就是一个女人,有了孩子后,她只是一个妈妈。

二

这个故事是另一个女人讲给我听的,她叫王玲。故事里的主人公,是她的邻居。

我到西北去采访,在即将返程的那一天早晨,我坐在一个只有三平方米的楼梯间里,跟这个做饭的阿姨闲聊,她跟我讲起了那个女人的琐事。

她自己也有个孩子,在孩子年幼时,她的丈夫就去世了。在这个单亲家庭,她要给儿子母亲式的爱,又要给他父亲式的爱。

儿子小时很要强,输不得,下棋输了就会暴躁不已。输不起,这是男人的大忌。有一天,她找来一个大人跟儿子下棋,下了一遍又一遍,儿子都输了。儿子就哭,开始耍赖,缠着妈妈去帮他。

她坚定地站在一边,对儿子说:"妈妈不会帮你的。什么时候你输也输得高高兴兴了,妈妈才会高兴。"

儿子似懂非懂。可是没有办法,只好继续下。

"现在输了,以后才会赢。"她对儿子说。她还说,以后走上社会,不是每个人都会让着你的。比你优秀的人很多很多,你要有良好的心态去面对挫折和失败。

十几年后,儿子以优秀的成绩考进了哈尔滨工业大学,主修流体力学,毕业后进了国防部直属的飞机强度研究所工作。在单位里,有许许多多的技术专家,博士硕士一抓一大把。他确立下自己的奋斗目标,稳扎稳打,攻克了好几项技术难题。

想起儿子小时候的耍赖,她很欣慰。

三

儿子出息了,离家几千里。这位农村妇女、五十多岁的王玲接下了另一个活儿:为学校的孩子们做饭。活儿很辛苦,工资却少得可怜,每月还不足四百元。

不远万里,到这个地处大西北的偏僻山村来学习太极拳的外国人很多。美国人,俄罗斯人,澳大利亚人,日本人,韩国人,英国人,都有。隔三岔五地来,又隔三岔五地走了,学校这个不懂英文的烧饭阿姨,却给他们留下了深刻的印象。

有个美国学员叫吉姆士,在这里学了一年太极拳。刚来的时候,天天穿着肥大的短裤晃来晃去,冷风吹得他牙齿直打哆嗦。

她看见了,比划着手势对他说:"我们这里很冷,冬天风很大,你一定要穿长裤。"说了一个星期,最后她从家里带来了一条长裤。看着他终于穿上了长裤,她很高兴。

吉姆士后来用生硬的中文对她说:"阿姨,你就像我的妈妈一样。"

阿姨天天给他们煮饭,大家一起坐在矮小的楼梯间里吃饭。冷的时候,吉姆士还会调皮地把手伸进阿姨的袖子里,暖一暖手。

一年后,吉姆士要回国服兵役了。离校前,他特地跑到厨房间来跟阿姨告别。阿姨做了一个扛枪的手势,说:"吉姆士,你去当兵,万一两个国家打仗了,咱们在战场上相见,你会拿枪打我吗?"

没等吉姆士回答,她自己说:"我肯定会把枪一丢,张开双臂跑过来:吉姆士,我的孩子!……"

就这样,告别的时候,这一对中外母子紧紧地拥抱在一起,泪流满面,久久不愿意分开。

"每天做饭给他吃,看着他那么快乐地走来走去,就像你自己的孩子一样。你会拿着枪指着自己的孩子吗?"她说,"我不管他们是黑皮肤、白皮肤还是黄皮肤,我从来没当他们是外国人。他们都是我的孩子。"

后来,我从校长那里听说,几乎每一个来这里学拳的外国学员,离开前最重要的事,就是跟烧饭阿姨久久地拥抱。他们用各种不同的语言,对她说:"我爱你,妈妈。"

不同肤色、不同国籍的"孩子",小的十几岁,大的五十几岁,他们都会记住这样一位中国妈妈。

四

我很庆幸的是,在我此行短暂而匆促的几天采访中,意外地停驻下来,花了一点时间跟一位素不相识的烧饭阿姨闲聊。我觉得这半天时间,会是生命中最为宝贵的收获。

虽然这个女人其貌不扬——似乎在中国西北部的农村里,每一位妇女都有着与她相仿的面孔。虽然这个故事极其平淡——平淡得就像大风卷起漫天黄沙掠过黄杨林梢,甚至就像每一个云卷云舒的日子那样普通。但我依然会为这样一次相遇而庆幸,我记得那一天屋外的气温低至零下五度,但是狭小的厨房间里很温暖。

我记得,她的名字叫妈妈。

蟹 脚

他烧好菜,一碗萝卜,一碗豆腐,用油渣炒的,闻起来很香。儿子回家了,他接过书包放下。儿子端着饭碗,突然问:"爸爸,你吃过蟹吗?"

他一愣。他已经十几年没有吃过蟹了。

儿子又说:"听同学都说,大闸蟹最好吃,还有梭子蟹,可以炒年糕。"

他有点心酸。儿子长到十多岁,从来没有吃过蟹。自从老婆去世后,他每天起早贪黑地去踏三轮车,几年才还清欠款。儿子上了小学,要交学费,还有房租、水电费、三轮车管理费……

儿子看父亲发愣,就懂事地不说话,闷头吃饭。

第二天,经过菜场,他就去海产品摊位前看了看。一问,要40元一斤,他只好默默走开了。

过了好多天,他无意中听到车上的客人说,超市有专门卖蟹脚的,十分便宜。他绕了远路,去城里那家最大的超市。

果然,他看见冰柜台里摆着几包蟹脚,只要七八元一包。对他来说,这也是贵的。但他想到儿子的笑脸,还是买了一包。

晚上,他把蟹脚清蒸了一盘,细细地摆成圈,像电视里的菜一样;又用蟹脚炒了一盘年糕,多放了油,屋里充满了香气。

儿子回家了,没进来就说:"好香!"父子俩就着一碟醋,有滋有味地啃着、吸着。他还特地喝了一点烧酒。儿子咬着蟹脚,说:"爸爸,我们家的蟹,为什么没有蟹身只有脚?"

他想说,因为蟹最好吃的是脚。但是他想了想,没说。他告诉儿子:"因为我们买不起蟹身子。"儿子点点头,若有所思,然后认真地对他说:"蟹脚也有肉,和身子一样好吃!"

他摸摸儿子的头。儿子好像一下子长得比他还高。

儿子中专毕业,进了一家企业当技工。拿到第一笔工资,就买回4只大闸蟹。

一样的灯光下,父子二人喝着烧酒吃蟹。他把蟹壳揭开,里面是金黄冒油的蟹黄。儿子问:"爸爸,你记得那年我们吃蟹吗?"

他当然记得。从那以后,儿子再没有说过要吃蟹。

儿子笑了,说:"爸爸,你知道那次我们吃了多少只蟹脚吗?我数过,60多只蟹脚,相当于8只螃蟹。"

他一下被儿子逗笑了,笑着笑着,眼里却有泪花。

杨 梅

杨梅红了,居住乡下的母亲却开始坐立难安。

终于忍不住给我打电话:"周末有没有空,回家来玩两天吧。带上你媳妇,带上朵朵,回来吃杨梅。"

我想起,确有好长一段时间没有回去了。我整天忙着,少有闲暇想起远在乡下的父母。即便偶有休息日,也是窝在家里懒得再动,甚至连下楼的事情都能省则省。

小女朵朵听说有杨梅,便嚷着要去看爷爷奶奶,我下了很大决心,这才成行。开了三小时车,一回到家,朵朵就问杨梅,于是母亲抱着她,径直往杨梅树下去。

好多年了,父亲一直以种植各样的果树为乐,不多,桃树一两棵,李树两三棵,门前园子里栽两株葡萄,屋后菜园里种一畦桑椹——少年时,这些果树解了我们多少口馋!

还没走到杨梅树下,一群画眉鸟、山雀扑拉拉扑拉拉,从茂盛的杨梅树枝间惊腾而起,少说有几十只。父亲走在前头,一边大声呼喝,一边挥舞手中的竹竿,把群鸟赶得无影无踪。

正在惊讶时,又有两只拖着长尾巴的松鼠,从枝叶间钻出,迅即跃到高高的枝头,三腾两跃,跳上高高的板栗树,也溜走了。

"这些东西,真是叫人不得安生!杨梅还没熟透呢,鸟雀就一拨一拨地飞来,倒挑了最甜的,一个个糟蹋了。还有那些松鼠,一吃起来就没完……"

母亲说,从大清早开始,她没事就拿着竹竿远远地候着,不时地在杨梅树周围转悠,才从鸟雀嘴里抢下一些杨梅。

"我就想着,要留一些,让朵朵回来吃呢!"

在树下,母亲奋力地伸长双臂,把朵朵举高,朵朵伸长手臂,去采枝头的杨梅。这一颗,那一颗,掌心里采了一小捧。

朵朵迫不及待地丢一颗入嘴,真酸!马上眉头都皱到一块儿去了,眼睛也酸得眯成了一条缝。

父亲搬来一个木梯,要爬到树上去。我拦着,说还是我上去吧。父亲两手坚持握着梯子,说树上有蛛网,小心把衣服弄脏了。我知道父亲的脾气,便不再执拗,让他上去了。我小心地扶着木梯,仰头望着父亲,发现父亲不知从什么时候开始,已经老掉了好多。

从最高枝头采下来的杨梅,依然不够紫红,吃起来也还是酸。妻子和朵朵各吃了几颗,就吃不消不再吃。我牙不太好,但还是不停地吃,不停吃,眼泪都酸出来了。

"好吃的杨梅,都被松鼠和画眉鸟吃掉了!"父亲一边看我龇牙咧嘴地吃杨梅一边说,语带歉意。这方圆一里地,只有这惟一的一棵杨梅树,难保鸟雀不来啄食。父亲说,或许明年,他可以弄一张大网,把整棵杨梅树包起来,管他什么鸟儿,什么松鼠,一颗也不让它糟蹋。

深夜,父母睡了,我捧着有些酸痛的腮帮子辗转反侧。朵朵悄声问我,爸爸,城里买的杨梅又大又甜,你都不喜欢吃,为什么这么酸的杨梅,你却吃了那么多?

我摸摸女儿的脸,想了想说:"你不懂,这杨梅和买的不一样。"黑暗中,泪水似乎又要被酸出来了。

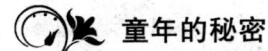 童年的秘密

爸爸的拖鞋是一艘船

小时候我是一枚爱动脑筋的好孩子,经常会做一些无聊的事情,但是这些事情在当时的我看来,是十分严肃,也十分有意义的。比如那个夏天的午后,等爸爸妈妈睡午觉了,我就偷偷地来到厨房。

"哥,你要做什么?"冷不丁地听到这么一句,我被吓了一跳。

"求求你不要老是出来吓人,好不好?"我对着突然冒出来的弟弟,总是无可奈何。

"那你告诉我,你要干什么?"他瞪着一双无辜的眼睛望着我,叫人不忍心拒绝。

"好了好了,告诉你,你千万不要告诉别人。答不答应?答应了我再告诉你。答不答应?好。是这样的,我要做一个科学实验⋯⋯"

弟弟被"科学实验"这个专业术语唬到了,脸上立刻流露出

了崇拜的神情。别说当时我比他高两个年级,就是高一个年级,他也会觉得我很伟大的。

就这样,我立刻任命弟弟做了我的实验助手。我告诉他,我们是要完成一件重大的发明,就像瓦特发明蒸汽机一样。"我们要发明的是,蒸汽轮船!"

弟弟刚刚学过蒸汽机那一课,兴奋得两眼直放光。

好了,我开始分配任务:弟弟负责去偷爸爸的一只泡沫拖鞋,我负责去鸡笼里偷一只鸡蛋。

"为什么要偷一只拖鞋,还要偷一只鸡蛋?"弟弟又开始变得罗哩八嗦,我对他真是没有办法,只好告诉他,这是科学实验所需要的。

"瓦特发明蒸汽机的时候,也用拖鞋和鸡蛋吗?"弟弟还没有行动,还在问。为了让他早一点去偷拖鞋,我只好告诉他是的。

回来的时候,我手上拿着剪刀、蜡烛、铁丝和鸡蛋,弟弟手上拿着拖鞋。我把鸡蛋一头用剪刀捅出一个洞洞,然后突然想起来要怎么处理这个生鸡蛋。我东看西看,最后还是盯着我的助手看。弟弟被看得有点不好意思,他说:

"哥,是不是还有什么事要做?"

"是的。你可不可以,把这个生鸡蛋吃下去?"

"啊?吃生鸡蛋?"弟弟张大了嘴巴。

"是啊,这生鸡蛋是很补的,不能浪费掉。"我尽量讲得轻描淡写一点。

"可是……为什么你自己不吃,要让我吃?"

"因为我比你大,我要爱护弟弟,知不知道?"

弟弟虽然还是迷惑不解,但仍然点点头,仰起脸,张大了嘴巴。

我把蛋壳里的东西小心地抖下来,流进弟弟的嘴里。他脸上露出奇怪的表情,我鼓励他:"吞下去,吞下去。"

弟弟虽然差点呕吐出来,但最后还是吞下去了,眼泪都快被挤出来。我问他:"好不好吃?"

他没有说话。

"好,不说话,一定是很好吃,对不对?"

废话少说,我们还是继续科学实验吧。我把好好的泡沫拖鞋剪掉了底,当做一艘船。再把铁丝绑好,铁丝上架着空的鸡蛋壳。鸡蛋壳里面装满水,鸡蛋壳下面摆着一支蜡烛。

"好了,我们的蒸汽轮船就要下水了。"经过小心翼翼的制作,这艘船大功告成了。我点燃了蜡烛,把船移到了脸盆中。

弟弟睁大了眼睛,屏住了呼吸,紧张地看着眼前的一切。

"哥,这艘船真的会航行吗?"他开始不信任我了。

"我是哥,我什么时候骗过你?"

他点点头。

我把手放掉,那艘船在水面上摇晃了几下,轰然翻掉了。

我看了看弟弟,弟弟也无辜地看着我。为了调节气氛,我对弟弟说:"你知道爱迪生吗?"

"知道。是他发明了电灯。"

"你真聪明。那,你知道爱迪生为了发明电灯,做了多少次失败的科学实验吗?"

"不知道……"

"我来告诉你吧,他一共失败了九万九千九百九十九次!"

听到我的这串数字,弟弟对我的崇拜在刚刚倒塌掉以后,又马上建立起来了。他真的是很好骗的。

我虽然把船扶了好多次,把蜡烛一点再点,但是这艘船仍然没有航行起来。我只好放弃这次实验。我对弟弟说:"从这件事中,我们可以得到什么结论呢?你可以想三分钟,等下再回答。"

想了三分钟,弟弟还是没想出来。

我告诉他答案:"失败是成功之母。"

过了不久,爸爸妈妈午睡醒了,爸爸的声音在屋里响起来:"大毛!二毛!我的拖鞋呢?是不是被你们藏起来了!"

我和弟弟相互看了一眼,立刻躺到房间的地上,装作还在熟睡的样子,对爸爸的高声提问完全听不见。

"奇怪,我的拖鞋呢,刚才明明是脱下来放在一起的,怎么一只就不见了呢?"那个下午,爸爸一直在找拖鞋。反正太热的夏天下午,也没有什么事情好干。

可是弟弟忽然哭了起来,他大概觉得这件事已经重大到他无法承受了。他抽抽噎噎地说:"船……"

"什么船?"爸爸妈妈同时惊讶地问他。

"都是哥哥……让我陪他做科学实验……还让我吃生鸡蛋……"他已经完全忘掉了不能告诉别人的承诺。而我呢,失败的科学实验已经是够令人沮丧的了,这一下简直是非常丢人。

不过幸好,这件事至今还没有我们家以外的人知道过。

一个人可以吃掉多大的西瓜

吃过午饭后,我就不停地走来走去,坐立不安。

隔壁家的鼻涕大王叫我一起去捉知了,我也没有同意,搞得鼻涕大王很没趣。

　　到我们家里来吃饭的四五个电工叔叔,这会儿正端着茶杯,剔着牙齿,坐在凳子上聊天,似乎根本就忘记了他们带来的两个那么大的西瓜。

　　没有办法,我故意在他们面前走来走去,拖鞋发出很大的声音。他们表扬了我学习成绩不错,又称赞我懂礼貌,最后他们说我个子长得高。他们都完全搞错了,其实我是想让他们注意到,两个大西瓜就在我走过的地方呆着,我要是一不小心,就会踢到它们。

　　最后弟弟走过来,说:"哇,有大西瓜!"

　　我白了他一眼,同时为他感到脸红,在这么多客人面前,竟然提起大西瓜。

　　好在叔叔们这时候也注意到大西瓜了。他们嚷嚷着,对对,把西瓜沉到门前的水井里去!

　　我大失所望。沉到水井里去,至少一时半会儿是吃不到西瓜了。他们七手八脚地把西瓜放在竹篮里,用一根绳子吊下去。我和弟弟眼巴巴地看着西瓜被水淹没,直到看不见。

　　他们在睡午觉了,我们还守在水井边,不知道干什么好。

　　"哥,你说西瓜是长在树上的吗?"弟弟又开始问些无聊的问题。

　　"笨!西瓜当然是长在地里的。"

　　"我问你是不是长在树上的?"

　　"我不是说了长在地里吗?"

好了,弟弟终于屈服,换了一个问题:

"哥,地里会长树吗?"

我眼睛一翻,不知道做何回答。其实,我只是不想把答案这么快公布出来而已,但是这会儿我知道自己进入了一个圈圈,如果不早点绕出来,自己会陷在里面的。

"地里会长树,也会长藤。西瓜是长在西瓜藤上的,现在知道了吗?"

"哦!"

我朝水井里看了看,只看见一条绳子从井口一直挂到水里去,连西瓜的影子都见不着。

"哥,西瓜藤有树那么高大吗?"弟弟又开口了。

"没有。是很细的藤,爬在地上。"

"那,很细的藤,为什么会长出那么大的西瓜?"

这一下,真的是把我问倒了。

为了摆脱弟弟没完没了的问题,我只好也去午睡。我趴在弄堂口的凳子上,吹着穿堂风,很快睡着了。醒过来的时候,人们都在吃西瓜。弟弟手上捧了一块西瓜,把我的身体推了又推。

"哥,我一直在推你,推到我吃第二块西瓜,你才醒了!"他嘴里有一口西瓜,话也讲得含糊不清。

谢天谢地,两个大西瓜切开来,还有四十多片摊在桌子上。虽然有六七个人在吃,但是每个人平均,可以分到六片。我的运算速度很快,这证明数学课学好一点,到底还是有用的。

我挑了六片西瓜,把每一片都咬了一大口,证明是我的。西瓜冰冰凉的,吃起来真的很甜。

他们发现了我的小算盘,全部哈哈大笑起来。这时候,如果爸爸在场,一定会批评我太不懂得谦让了。

可是,这些叔叔们才不懂谦让呢!上次在工地上架电线,休息时分吃西瓜,等我走到时,他们已经全吃光了。

可能是我吃得太快了。等我把六片西瓜都吃完,忽然觉得肚子胀得难受。

真的太难受了。那个过程好漫长、好漫长!我差点以为,我的肚子会像气球一样,突然爆掉!所以感到很害怕。

我捧着肚子,小心翼翼地移动脚步,走到院子外的草丛边,把小鸡鸡掏出来小便。"求求你,快小便吧!"可是用了半天劲,只挤出几滴尿尿。

晚上,我和弟弟躺在天空下数星星、找飞机。我又想起了白天吃西瓜的事,就问:

"为什么西瓜水,不能快一点变成尿尿呢?"

"我知道,我知道!"弟弟欢快地说,"要是马上变成尿尿,那我们不是什么也没有吃到?"

我对弟弟疑惑地看了半天。他根本不知道我那天被西瓜害惨的事,这个秘密我要是告诉了他,他一定会让全世界都知道的。

母亲走过油菜地

我从来没有想过,会以这种方式与母亲见面。

某一天的中午,我两眼迷离地从案头百般杂事中抽离,恍然已不知今昔何昔。看窗外高楼森然马路上车来车往,没有人注意到行道树已在不知不觉间绿染枝头。我呢,最近连续好些个双休日都被公事占用,心中烦闷异常,简直没有多余的心思去理会这个春天的到来!

正自朝窗外的春光徒叹奈何的时候,同事一手握着水杯,一手攥了张报纸在过道中停了步伐,惊呼:"呀!油菜花都开了!"

油菜花都开了。我下意识地口中喃喃自语。油菜花开了,与我们这些身居都市、终日面对电脑惶惶不可终日的人群,又有什么关系呢?春天实在不是属于我们的。我们每天蜗居在各自的格子间里,像一块砖嵌在高楼里,像一个齿轮镶在机器中,不知季节更替,无法停下惯性运转的脚步。

在我的家乡,是有着漫山遍野、一直延伸到天边去的油菜花,那是一年四季中乡村最亮丽的颜色啊。浙西山区有着延绵不绝的森林,高山上终年云雾缭绕。在这样的绿色当中,有人群居住的村庄周围,人们在山上垦出一垄垄的梯田,四季里播种小麦、水稻、紫云英、油菜,波光潋滟的梯田里妆点出每季不同的颜色,站在门口望出去,那是天地间一幅浑然一气的壮观画卷呀。

同事拿着报纸,四处推荐人看那上面的照片:"你看,这油菜花,太美了!太漂亮了!"一惊一乍的样子。我倒有时羡慕她的敏锐嗅觉,至少没有被生活磨平而失去感受花香的本事。她又怂恿众人,一起去看油菜花好不好?再晚十天半月,油菜花就没有了,这个春天也要逝去了。

开化?这不是你的家乡吗?

同事径自朝我的格子间走来。这一下,办公室里热闹起来,他们都不知道原来我的家乡有如此美丽的油菜花,而我也竟然从未向他们提起过。你认识这个村庄吗?同事问我:这真的是你家乡的风景吗?

是的,是的,我的家乡只是距离号称中国最美丽乡村的婺源几十公里,一山之隔,山是连绵在一起的大山,水是各分东西的秀水,风光也是一样的田园风光。很多印刷精美的旅游画报,大幅大幅地登载婺源白墙青瓦前的油菜花,吸引得全国各地的游人朝婺源蜂拥而去。而我告诉你,在我的家乡,那里有比婺源大气得多、纯净得多、壮观得多的油菜花!

我看到报纸上家乡油菜花图片的时候,不由得心驰神往了。报纸上说,这是一群记者无意中路过那个偏远小山村时,被眼前美景打动,而摄下的几幅照片。是啊是啊,这是多么亲切、熟悉的山村图画啊,这在梦里依稀见过多少回的场景啊,我仿佛看见自己正沿着山中蜿蜒不绝的小路,迎着晨光上学去,风中飘来的花香让我不由自主地张开双臂;我又仿佛听见油菜花地边,清清溪流的潺潺呢喃,一路叮咚不绝于响的吟唱……

这时候,我就在报纸上看见我的母亲了。

在一树粉红的桃花旁边,一树雪白的梨花旁边,在一大片的油菜花地旁边,母亲背着一个背篓,身上依稀可见围着一条青布的围裙,脚步不急不缓地走过红的桃花、白的梨花、黄的油菜花。母亲这是要去哪里呢?哦,她一定是上茶山上采茶青吧,一定是了,后山的茶园这时节一定是热闹非凡了,布谷鸟站在高高的苦楝树枝头啼唱,五彩长尾巴鸟一定扑喇喇地从东边飞过西边,又从西边飞到东边……

报纸上的母亲,太小了,她是油菜花风光的点缀,由于印刷的关系,我甚至都无法分辨她的脸庞。不过我可以保证,她千真万确就是我的母亲,她的青布围裙,她的被生活压弯了的腰身,还有她被风吹起的满头银丝,妈妈!

母亲一定不会知道她以这种方式出现在她的儿子面前,也许她只是路过油菜地,也许只是几个过路人吸引了她的目光。也许那一刻她望着过路人的汽车,还有望不到头的弯弯山路,会想,儿子也是在遥远的城里呢,这些城里人,太久没见过农村的油菜花了,所以这么惊异;儿子也会忘了这漫山的油菜花吗?

我遐思飞在天外了,飞驰在家乡的山水之间,眼里不知不觉地布满了液体。我对同事们说,这个周末,我们去看油菜花吧,去油菜花漫山遍野盛开的我的家乡!

父亲大人在上

"尊敬的父亲母亲大人……"每次铺开信纸,我总是恭敬地写下第一行字,眼前显出父亲威严的脸和母亲慈祥的脸。我想象着父亲谨慎地撕开信封,目光抚过这一行字时,微微颔首,面露满意的神色。

村里比我大几岁的孩子,已经出门了,读书或者学做泥水、做木匠。远远地离开家,就要写信了。村道上常会出现一辆又旧又大的自行车,它身上被刷成绿色,后座架两边挂着鼓鼓的大包。有个男青年骑着它,经过哪家门前,揿一串车铃就有人从屋里出来,双手接过一封信。我们几个孩子跟在自行车后面,跑一段路,又跑一段路。

老田伯已经牵牛回了家。他左手捏着那封信,右手赶牛的竹枝还未放下,裤腿上和脸上沾满泥巴。他把信翻过来倒过去地抚摸着。看见我们,说:"瓦沁,过来,给我念封信。"我于是过去,像得了一件美差事。小伙伴崇拜地围在我四周。"小金哥写信来了。"我从老田伯手里接过信,拆开展信一字一顿地念到:

"尊、敬、的、父、亲、母、亲、大、人、在、上……"

小金哥是村里第一个考出的大专生。老田伯坐在门槛上,两手搓着泥巴,边听边点头,一副心满意足的样子。

晚上,我在家刚吃完饭,母亲还在收拾碗筷,老田伯就来了。老田伯叫我父亲的名字,说着庄稼的事。老茶泡了三遍,话也聊了半晌,老田伯从口袋里摸出那信来,让我父亲帮着念念。父亲抖开那页纸,斜就着灯光,念到:"尊敬的父亲母亲大人在上……"父亲目光从纸上移开,看着老田伯说,小金真懂事,信写得多郑重!老田伯就呵呵笑着,喝茶。

大牛有时也给他家里写信。大牛在外边做油漆工,信写得不多。大牛爹拿着一封信,晚饭后也来我家,叫父亲给念。信封上,"刘春耕同志收"几个字写得和箩筐一般大。"这孩子,给爹写信怎么能叫同志呢!"家里还有两个邻居,他们一起拿着信封议论着。那时我已经在语文课上学过写信。我忍不住插嘴,说老师说了,信封上是应该写"同志收"。可是他们都不信,说肯定是老师弄错了。"这里应该写:父亲大人收。"他们一致这么认为。我的父亲也认为,不该称呼父亲为同志。

后来我也考上了省城的学校,父亲让我每一两个星期,要写封信回家。每次写信,我都要为称呼犹豫半天。"尊敬的父亲母亲大人""亲爱的爸爸妈妈","爸爸妈妈你们好"……换了几次。直到有一天收到父亲的来信,他在信中严厉地说:信要好好写;"你"还应该加上"心"字底,"您们好"……后来我写了好多年的信,抬头一律是"尊敬的父亲母亲大人",信封上一律是"父亲大人收"。有同学看了要笑,我却仍然固执地坚持。

回家的意义

一年一度的"春运",就像网上戏称的"春节运动会"一样,亿万人奔涌如流,比赛着奔向同一个终点——家。在归心似箭的喜悦中,隐藏着归途的艰辛与忧伤。

我又想起一年前的冬天,大雪封山,万里雪飘,无数归乡人的脚步被冰雪阻滞在远方。我的妹妹和弟弟,分别滞回两个异地城市,所有的火车和汽车都停开,车站的人越挤越多。离过年只有三天了,这天午后好不容易露出一点阳光,我当即决定开车去接他们。

从没有在如此恶劣路况下开过车的我,小心翼翼地一路驶去,只记得放眼一望,满目都是耀眼的雪白,大雪覆盖了山陵、房屋、河流,每一根电线上都挂满了长长的冰柱!那个晚上,我绕道两座城市,分别接到了弟弟和妹妹,马不停蹄地驶上归程。原本5个小时就能回到家的路程,结果因为高速堵车,我整整开了11个小时,直到第二天凌晨4点半,才回到家中!

那一路上,由于堵车,蜿蜒曲折的汽车尾灯连成了红色的长龙,在马路上串起了温暖的颜色。弟弟妹妹都在外地工作,平时都忙,一年当中,也只有春节回家看看爸爸妈妈;春节当中,我又有值班等种种琐事,几乎没有时间好好地长谈。可就是在这个寒冷的夜晚,我们兄妹三人,聊了那么多心里话,我们聊起那些令人唏嘘的往事,聊起各自人生岔路口的内心抉择,以及生活的酸甜苦辣,一次次,不觉泪水模糊了双眼。好在那样的深夜,灯光阑珊,不怕被弟妹看见。

车子慢慢爬行着,望向窗外,我们竟然发现还有人扛着行李,一脚深一脚浅地行走在公路边,没膝的积雪都挡不住他坚毅的回家脚步!也许他已经走过几十里路了吧,他甚至把外套都脱了,只穿着粗线衣,双手紧紧地抓着肩上的编织袋,已经洗褪的红色,在白皑皑的夜里依然那样引人注意。

那是一个中年男子,他走得那么坚定、那么自豪。编织袋中,也许装着一年省吃俭用下来的几千块钱,还装着他买给妻子的花头巾、送给女儿的文具盒,也许还装着买给年迈父母的棉袄和帽子。他乘坐的客车堵在车流中,无法前行,但他回家的心情,又怎么堵塞得住!

那是凌晨三点的公路边,这名男子在路边前行,他超过停滞的车辆时,很多人朝他打招呼,有人朝他伸出大拇指。借着车辆的灯光,我看见他扭头时,那憨厚的笑容里装满了快乐……

是啊,回家!这个时刻,没有什么比回家更重要的事了!

很多人,在异乡为了生活和事业打拼。内心的寂寞和漂泊感,是一个潜伏的怪兽,总会在一个个夜晚跑出来咬噬内心。为什么我们会在一个个春节,不约而同地奔向归途,那是因为我们可以藉此回到安全的巢中,用亲情加油,用爱修补心灵,让内心重新变得强大。也许仅仅只是几天,我们又要重新离开,但春节回家,犹如一道阳光,把我们照得容光焕发,足以应对接下来的365天风霜雨雪。

  也许很多年后,我都依然会记得并珍惜那一个不眠之夜。它让我明白:迈开双腿,没有比脚更远的路,没有比年更近的家。

母亲的电话

这两年,工作换了好几个,离家一次比一次更远,也越来越忙,有时竟好几个月才能回一趟家。母亲惦记着,偶尔我打电话回去,她总是问长问短,絮絮叨叨,末了,总会捎带一句:"没事时,记着给家里来个电话。"

母亲却很少给我打电话。

父亲在乡上做事,母亲在家,农村里活计少了,母亲闲不住,又不喜与东家西邻搓麻打牌,除了看电视就无事可干,常憋得慌。我告诉她,没事可以给我们打打电话,聊天解闷儿。

母亲说:"打电话又浪费你们的手机费。"

我就笑,说:"我每天要接几十个电话呢,你不打又能节约几个钱!"

然而母亲仍然打得很少。

后来我才从父亲口里知道,母亲不是不想打电话,许多次在话机前,手拎着话筒半天,结果又搁下了。母亲说,我们工作忙、压力大,本来就烦;她没什么事,唠唠叨叨的,我们不就更烦!

我听了久久无言,不由想起了去年的一件事。

那天下午,我正为工作上的事情抓破了头皮。忽然手机响,一看是家里来的,我赶紧接起。

"军啊——"听到平时很少来电话的母亲一声拉长了声调的呼唤,我心中一惊,愣住了,不知道发生了什么事!

"家里的电视机放不出来了……"母亲说。我心里那块石头轰然落地,同时不由有了些恼气:不就是电视机放不出来么,用得着这样大惊小怪,害自己吓了一跳。

当下口中就有些不耐烦,让母亲检查一下线路、自动搜索一下什么的。母亲说还是不行,我答道,那就找个修理工看看吧。

"哎。"母亲的声音轻了下来。搁了电话,我忽然悟到自己的失态,心里一股歉疚涌上。

没想到,也许正是这样的小事,让朴实而敏感的母亲察觉到了我当时的不耐烦,以后,她生怕惹我们烦,也就不敢打电话了!

以后,我一有空闲,就想着给家里打个电话。多数是父亲接的,有时父亲出门,就是母亲接了。我有时就特意挑着父亲不在家时,打个电话回家。

有一回,母亲在电话里说了半天,我细细听着、应着,很久,母亲忽然停下,有点怯怯地问:"说了这么久。你真的没事吗?"

"真的没事!我就是想和妈说说话。"我认真地答。

父 亲

桃熟了。父亲打来电话说,该回去吃桃了,这个星期不回去,桃就都要熟透了。

我不喜吃熟透的桃,那种桃像是给没了牙的老太太吃的,没有嚼头。父亲一年到头很少给我打电话,但这些日子桃熟,父亲给我打过两回电话了。我知道,他们是想我回家了。

就在我根本没有注意的时光里,父亲已经老了。父亲属马,51岁,年龄并不老,但身体的零件已经提早衰老了,头发全白,身板没有从前硬朗。由于耳朵不便,别人的谈话他听不见,大大显出了迟钝。

在电话里我大声地和父亲说话。我说是的,这个星期我一定回家去。我已经有很长时间没有回家,几年没有在家住过一晚了。上学之后,我慢慢长大,也慢慢地与这个家疏远。我现在理解———对大人来说,孩子长大其实是一个痛苦的过程,他会离你越来越远,情感越来越远,直到最后你去了另一个世界,你们永远不会再有像他的孩童时一样的亲密。

我是在暮色里回到那个小山村的,在家门口,母亲刚把几筐蜜桃整理干净。见我回家,母亲喜不自禁,从筐里挑了最红的桃洗了擦干递到我手里,说快吃,可好吃呢。我吃着桃,问父亲呢。母亲说,还在桃园里摘桃,明天要趁早拿去城里卖的。

我走到桃园里去,桃园里杂草丛生,桃树上挂满了一颗颗的桃,白得好看,顶尖带红。我在枝叶间四处张望,没有望见父亲的身影。我在杂草间小心地走着,往树上找寻,只有桃子和绿的树叶。小时候我和同伴们玩捉迷藏的游戏,有一回也是在这样暮色四合的野外,我却再也找不到他们的身影。那时我知道了孤独和无助是怎样的滋味。后来天开始下雨了,我又湿又冷,踩着泥泞回家去,在路上父亲迎面走来,我趴上他的背,躲在他宽大温暖的蓑衣里回了家。父亲,我多想再趴在你的背上,感受你身体的温度和爱呀。我真怕,我怕有一天,我会找不到你呢。

我大声呼唤,担心父亲听不见。看见是我,父亲在一棵桃树上高兴地叫我。父亲把一只竹篮用钩子挂在枝头,伸手挑着把一颗颗成熟的桃摘下放进篮里。我便站在树下,和父亲聊天,父亲的听力已经很差,尤其在空旷的地里,声音像被棉花一样的空气吸收了,无法震动他的耳膜。我说一句话,父亲便停下手中的动作,歪过头来,用另一只稍好的耳朵费力聆听。一句话我不得不重复两三次。我不再说话,在树下走着,仰头看那些桃,这时父亲说,小心脚下的竹茬。

前年父亲摘桃时就被一根砍过后留在地里的竹茬戳伤了脚。那年我还在家乡的县城工作。父亲伤了脚,原是不想上医院来看的,只在村里赤脚医生处简单包扎了一下。第三天,脚背已经肿得老高,痛得无法睡着和下地,这才打了我的电话。我急得不行,不知伤势。我赶到医院时,父亲母亲已经在医院门口了,父亲把一只手臂挂在母亲肩上,用一条腿跳着走路。

我要背父亲去看医生和拍片。父亲晃了晃手臂,说他可以走。我已经在他前面半蹲下了,母亲也帮我说话,他只好就范。我知道父亲可能担心我身瘦吃不了力。父亲趴到我背上,我站稳马步,一鼓劲起身,才吃了一惊,原来父亲比我心中要轻得多。我背着父亲一层层地爬楼,拍片、检查、诊断。那是我第一次背父亲,也是十多年来第一次和父亲挨得那样近。父亲用一只手绕在我胸前,我两手从后面托住父亲双腿。我不知道那时背上的父亲在想什么,我是想起了小时候,我就是这样趴在父亲背上的,感受着他的温度。而这一刻,我也体会着他的温度,我也第一次感受到父亲的瘦。

医生把父亲放平在一张床上,用一件闪着寒光的镊子夹着棉球,从脚心探进伤口。父亲一只手盖住眼睛,另一只手被我握在手里,仍痛得忍不住呻吟起来。母亲眼睛红了,不敢看,走出诊室去。我安慰父亲,很快就会好了。

一个月后,父亲的脚伤终于痊愈。后来母亲向我转述父亲的话说,好在有儿在旁呀。而那时,我已经到离家更远的市里上班了。听了母亲的话,我心里又生上一层愧疚。

天色暗下来了。父亲把篮里的桃子都倒进筐,用手拍打着一棵树干,说,这些桃树已经老了,不用几年就要败了。像是自言自语,他又说,不过另外的十来棵新树,明年就要挂果了。我听到这话,忍不住要流下泪来。

四　无人时唱歌给梦想听

礼 物

温暖的火塘,干燥的柴禾燃烧散发着清香。端起大碗的青稞酒,一口干了,达拉他开始唱歌,他用藏语唱道:洁白的仙鹤,请你把双翅借给我,我不去很远的地方,只到里塘转一圈……

达拉他站在火塘中间歌唱,美妙的旋律在屋中盘绕。这是海拔3300多米、一个叫"川盘"的地方,属于四川省阿坝藏族羌族自治州松潘县水晶乡的地界。两年前,一个大学生志愿者来到这里,把三个贫穷的藏族孩子带到浙江读书。其中有个女孩,名叫仁真朗磋,这就是她的家。

仁真朗磋有5兄妹,大哥达拉他,25岁;二哥格力朗杰,从12岁开始当喇嘛,已经10年;老三是女儿,去年嫁到另一个寨子去了;老四仁真朗磋;最小的男孩叫才杨顿珠,17岁,仁真朗磋到浙江读书那年,他想念姐姐,就病倒了,现在一个旅游民俗村做讲解员。

达拉他的阿爸拉着我的手,把我们当做贵客。下午,他走了几十里山路,从高山牧场买来几斤新鲜牦牛肉,这时煮熟了,一块一块割给我们吃。晚上临睡前,又捧出一个巴掌大的盒子,里面有六七枚东西,说是给我们的礼物。

"这是真正的野生虫草,你一定要收下!"他用生硬的普通话说。

"不行不行!"我诚惶诚恐,如此贵重的礼物,我如何能受得起!

这户人家并不富裕。沙发是旧的。唯一的电器是一台电视机,只能收到两三个频道。此地距著名的九寨沟只一个多小时车程,但阿爸、阿妈他们都没有去玩过。

几枚虫草,也许是这个藏家最贵重的东西了。为了供几个孩子读书,他们把家里能卖的东西都卖掉了,原来三十多头牦头也卖了。

这样的礼物,是收还是不收呢?来此之前,有人告诉我藏族的人们最是豪爽、热情、好客,他们把礼物送你,如果不收下,他们是会不高兴的。但如果我收下,心又如何能安?我只不过,一直关注着几个从西部到浙江读书的孩子,而那只是我的工作啊。

晚上,我们就在达拉他家住下。阿妈为我们准备了4床棉被。那一夜,冷,且缺氧。天亮了。6点半,我睁开眼,看见胖胖的格力朗杰踮着脚尖,轻轻走过房门前。他是怕脚步声把我们吵醒。

阿妈烤好了青稞面饼,熬好了一锅稀饭。她往灶膛中添一块劈柴,又去旋一下炉台上的转经筒。

我攀上一架木梯,登上了屋顶。房屋一角有一个烧香台,香柏叶在慢慢燃烧,在袅袅直上的青烟中,藏民们开始了一天的生活劳作。太阳出来了,将东方的天空和云霞映照得通红。远处的山,白色的山尖最先照到阳光,晶亮一片。近处,青烟缭绕在村寨上空,微风拂动屋前屋后的一条条经幡———风是会念经的。不一会儿,整个寨子都沐浴在金色之中。

我们和达拉他一家人合影,告别前,我悄悄在枕头下塞了200元钱。这也算是我的礼物———也许两个民族的人性格和行事风格不尽相同,但情感和心意,当是相通的。这样想着,希望我的举动不会让达拉他一家不快。

回到浙江,达拉他常给我发来短信。昨天又接到短信,祝我新年快乐。我握着手机,向西,也遥祝他们新年快乐。

情定火锅店

多少年以后,吴倩莲与黎明在一家小饭馆里相遇。那是一间人声鼎沸的小饭馆,板壁上有陈旧的烟熏火燎的痕迹,记忆深处,是寒冷雪夜般寂静。女的说:"世钧,我们回不去了……"男的说:"让我想想,想想……"

无限悲凉的半生缘,宜于这样一间旧日的小饭馆作个了结:从此天涯咫尺,你我只是路人。嘈杂如菜市场的小饭馆场景,竟被导演拿来彰示别离:或分手,或离婚。转身之后,即被世俗日子淹没。比火车站的月台还耐人寻味。

其实,情意诞生之地,也多是吃饭之所。男生追女生,当有愚公移山的决心,换言之,要有死乞白赖的勇气。一天两通电话,老是说单位里那点破事,了无新意不算,口才再好也会词穷,不如借题发挥:"吃了吗?""没吃,就请你吃晚饭。晚饭吃了?那就明天午饭吧。明天中午有安排?晚饭!说定了!"

山姆大叔的鸡块和汉堡遂大受欢迎,一是并不太贵,二是环境看起来不算太坏。遗憾是毕竟属快餐,两人相对无言,各自抱着鸡腿埋头苦啃,情绪尚在酝酿,气氛正步入发展轨道,刚刚开口:"你喜欢班德瑞的钢琴吗?"对面女孩一惊,差点被最后一口鸡肉噎着,赶紧咕咚咕咚喝了几嘴可乐,正要轻启朱唇阐述见解,边上冲过来三五人伫立一旁,对二人身下座位虎视眈眈。看看杯盘中一片狼藉,正事圆满完成,不起身实在说不过去。出到门外,两人面面相觑,话题如残梦一般,已然续接不上。

西餐是有情调的,烛光摇曳中,意中人更是环肥燕瘦,貌比潘安。有小提琴在浅吟低唱。牛排?牛排,七成熟。谢谢。您的干红。谢谢。不用谢。右手拿刀左手拿叉。手肘不要放到桌子上。压住牛肉,切一口吃一口。嚼的时候嘴巴不要张开。吃一口用纸巾轻擦一次嘴……一边复习着下午刚从《西餐 ABC》恶补来的文化,一边尽量优雅地进食,然后轻轻地说几句话。好在没有人来打扰。只是……说点什么好呢……头上于是开始冒汗,越擦越冒。"你没有带钱包吗?"对面的女孩善解人意,终于忍不住发问。

这回女孩主动要求去吃火锅。

一碟接着一碟,把个桌面都堆满了,但见那锅中油汪汪红通通浮了一层,底下已经热浪翻滚。来来来,冰镇啤酒满上,碰一杯再说!然后你一把我一把,涮得起劲,烫得兴起,豆腐、青菜、羊肉、鱼头都下得锅去,汤越煲越浓,料越涮越鲜,汗越出越多。看那女孩,两颊通红,香汗淋漓。周遭尽是锅碗瓢盆撞击之声,这二人说话只得提高了分贝,越聊越热乎,该说的说了,不敢说的也说了。

吃到最后,船入港,车靠站,"秋波"煮到如锅中汤一样暖昧——麻、辣、烫,请注意,爱情来了!

　　我喜欢《十八春》的小说,也喜欢《半生缘》的电影。但一直对张爱玲心存不满——她至少应当安排世钧和曼桢去吃一次火锅。

我知道那天你干了什么

一

情人节,卖花姑娘疑惑了:刚刚这位先生,中年男子,为啥一来就订了7束红玫瑰?

卖花姑娘正疑惑呢,那位先生还说:拿7张卡片来!

拿了,便在每一张上面写道:

丽丽/亲亲/花花/玫玫/珠珠/各各/小心肝:

情人节快乐!

——最爱你的王老虎

卖花姑娘更疑惑了。可她还是很负责任地把花送到了7个地方,7个女人收到后,都高兴异常。

二

李老虎今天更忙,他坚持把每一束鲜花,都亲自送到女人手上。

所以这一天,他一直奔波在路上。

晚上九点到家的时候,他把脚一架,让老婆打来洗脚水,泡泡那双累极了的脚。

李老虎是花店的送花员。

三

陈老虎的老婆今天收到一束花。署名是"爱你的陈老虎"。

陈老虎的老婆高兴了整整一天。因为陈老虎自从结婚后,已经7年没有给她送过花了。

晚上,她花尽心思烧了六七八个小菜,准备先哄好陈老虎的胃,再哄好陈老虎的心。

菜热了第三遍,陈老虎回来了,满身酒气。

陈老虎说:"谁说今天玫瑰卖得贵?今天买了十只劳力士,还免费送一束花……咦,老太婆,花收到没有?"

四

徐老虎今天总想表示点什么,毕竟是情人节么。

于是他买了一棵白菜,让花店的人用玻璃彩纸包起来,系上红丝带,拎回了家。

他以前常给老婆买花,说是"浪漫"。他老婆火气冲天:你天天骑黄包车,一个月挣400元,还牛逼哄哄要浪漫——浪漫能吃吗?

后来每到情人节,他都送老婆一棵包装好的大白菜。

五

赵老虎今天晚上被关在了门外,怎么敲门,老婆就是不开门。

赵老虎在风中瑟瑟发抖。

老婆说,好你个赵老虎,去年才结婚,今年你就变心了!

赵老虎很委屈:我老赵对你忠心耿耿,天地可鉴,谁说我变心了!

老婆一声咆哮:那你为什么不给我送花?!

赵老虎老婆同办公室的小姑娘陈小跳,一天收到了26捧花,她一支都没收到。

后来赵老虎跑了7条街,终于买到一束花,才得进门。

六

赵老虎捧着一束花,才进门,又被老婆一脚踢了出来。

老婆说:你个不开窍的,花送到家里,有个屁用啊!死贵死贵的,还不如换袋大米回来!

赵老虎只好把花退了,去沃而玛超市换了袋大米回来。

七

钱老虎今天带老婆去看电影。他们想了半个月了,虽然看场电影要花去50元钱,能买半瓶煤气,够烧一个月的……可他们咬咬牙,还是去了。

电影院的人说:今天不接客人,有人包场了!

有人花了一万二,包了电影院,就两个人看。

钱老虎只好请老婆在火车站广场,看了一场露天电影,免费的。

回去的时候,两个人都很高兴。

八

回去的时候,又经过电影院门口。钱老虎听见"啪"的一声,一个女的甩了一个男的一个响亮的耳光。

那个女的说:"臭男人,别以为你有几个臭钱,包场电影就想让我做小蜜?没门!"

钱老虎想,一万二换了个耳光,这男的也太亏了。

九

孙老虎和女朋友在店里忙到晚上十点,还没有吃饭。

他们把满地狼藉打扫干净后,情人节还有两个小时,就要过去了。孙老虎对女朋友说,要不,我也送你一支花吧。

说着,孙老虎从地上捡起一支残败的红玫瑰,郑重地交给女朋友。

他女朋友笑嘻嘻地说,拿一支没人要的花送我,你真会打算盘!

孙老虎又从背后拿出一支"蓝色妖姬",交给女朋友。

死鬼!这么贵的花怎么不卖掉,还说已经卖完了!女朋友脸上红了,带着娇嗔。

关店门的时候,有人来问花,她女朋友把最后这支花也卖掉了。

一花两用。她说。

十

李老虎左手拎着一罐汤,右手拿着一支花,推开病房的门。

里面传来一片哭声。

十一

杨护士收到99朵玫瑰,卡片上没有名字。

下班的时候,杨护士的老公杨老虎骑着自行车来接她,杨护士忽然感到一阵失望。

十二

马老虎开着奔驰去天阔天空唱歌。早上他刚让秘书给医院的杨护士送了 99 朵黄玫瑰。他想如果杨护士答应晚上出来唱歌,就再送她一个钻戒,那接下来,就没有什么是不可能的了。

在一个转弯口,奔驰撞到了人。骑自行车的男子骨折,后座那女的脑袋着地,死了。

那女的正是杨护士。

自行车篮里有一朵白玫瑰,落在血中染上了红色。

变脸

我手上提着一箱牛奶,走着坑坑洼洼的路,来到一幢灰暗的老房子里。举手敲门前,我迟疑了片刻。

剧团团长告诉我,姜老不会接受采访的。我不愿就此放弃,在小县城捱到晚上,问好地址,买了牛奶,去碰碰运气。后来证明,许三多的"不放弃不抛弃"是对的。

姜老确实40年没有碰过"变脸"了。

别说"变脸",就是"演戏"两个字,他也没提过。谁在他面前提演戏,他当场就跟谁拍桌子翻脸。

他不愿提及过去,他甚至后悔自己当初选择了演戏这条路。他退休在家,每日种花养草,不提、不说、不看婺剧。事实上,每一次提及往事,他都会触动心底的隐痛。

我坐在他对面,小心翼翼、旁敲侧击,试图揭开老人40年前后的心灵一角。先是沉默,感觉很漫长的沉默。然后老人唤来老伴,从箱底找出一个镜框,照片中人扮相俊武、英气逼人,再看眼前姜老,两鬓斑白,然依稀仍有旧日风采——谁能想到,眼前的老人,竟是现今婺剧"变脸"绝活的惟一传人呢?

15岁进婺剧团,从跑龙套、翻跟斗开始,每天从早到晚,跟着江湖诨名"掼不死"的师傅练功。入行四年,已是剧团当家小生。上北京会演《松林斗虎》,其轰动情状不亚于如今参加奥运会。

从北京回来后,师傅开始把"变脸"绝活悉数教给他。其时,师傅已经40多岁,再过几年就演不动小生了。

练"变脸",一要藏得妙,四种油彩藏在铠甲贴身腰间,自己要记得清清楚楚。二要手法快,在转身眨眼之间,手掌把油彩均匀涂抹在脸上,眼窝、眉间、鼻翼两侧全部抹匀,丝毫不露破绽。有人评价婺剧"变脸"比川剧"变脸"还要丰富多彩,更难,更见功力。

他练手法练得苦。

他的信念是,"一定要做全国名角"。他勤学、苦练、演得精湛入微,出名了。演出前,人还没到,大幅照片就挂在外面,人们蜂拥而至。他走了,年轻男女尾随其后数百里,不舍离去。

然而此时,"文革"开始,他被命令不准再演戏,调出婺剧团,改行当了一名工人。整整3个月,吃不下睡不着,一边发呆一边流泪,人瘦得像猴子一样。

从那以后,他再也没有碰过演戏,连听也听不得。有一次,一个老朋友无意说起他曾经演过戏,他当场一拳砸在桌子上,发火了。他爱戏,也被戏伤得太深,他对演戏已经绝望了。

40年后,无数人去做他思想工作,试图说服他把绝技传下去,他非骂即赶。一天,文化局长、文化馆长、剧团团长——全是他的至交——设了一个"局":请他去团里看看。当然,他事先并不知道,舞台灯光通明,道具都摆好了,一副沉沉的铠甲,在等待它的主人。人们屏息凝神,一片寂静,只听见摄像机在沙沙地转动。

老人没走,他盯着那副铠甲看了好久。他知道自己老了。"抢背"、"窜毛"、"变脸"……40年光阴过去,如今这个老头,还是当年那个武功高强的武小生吗?

穿吧,再穿一回试试。老人穿上铠甲,走上台,这时"急急风"锣鼓响起来,一阵急似一阵,老人再也无法控制自己情绪,一瞬间他仿佛又回到当年,眼前一切都不复存在,他又成了戏中的"子都"!

急速间,只见"子都"一个"抢背"(后滚翻)、一个"洒头"(面朝后台单跪颤抖)、一个急速转身"亮相",仅仅在眨眼之间,"子都"的脸已经变得雪白!

人们都惊呆了!40年没有碰戏还能如此,老一辈艺人的基本功何等扎实!回过神来,纷纷围上前去。老人身体无恙,可眼中含泪,久久说不出话米……

这一年,老人66岁。

二线明星

她是被家乡的人请回来参加一个活动的。出道二十多年,在很多电视剧里演过女二号或者女三号,片子不温不火,也没有很多人记得她。有时打开电视看到她会觉得有些眼熟,想了半天,也许想得起她的名字,也许想不起。

那次她回到家乡,还回到了村里。不过并非自己回乡下看看,是在县政府的安排下,回村里花石市场走一圈,也算给村里的石头做一下义务宣传。

她有好些年没有回来了吧?年轻时北漂,有人说她是做了谁谁的女朋友,才起家的。说的人凿凿,听的人也未置可否。也是,不仅当年,即便现今,演艺这条路也仍是不平坦,一个农村女孩没有人没有关系和金钱,不是那么容易就能挤进那个圈的。

我是在小地方做一个小记者,吃过晚饭,县里的领导临时安排,请我去采访她,并说,她的助手就住在508房间,你上去先找一个她助手吧。我说好,于是去敲了508的房门。一个女子来开门,房间里灯光有些暗,我也就没有细看,匆匆地问:"您好,我是某某日报的记者,请问某某是住这里吧?我们想采访一下她。"

"哦,好的,请进来吧。"女助手说。

她说,你请坐。我便在凳子上坐下来,我问她吃过没有。她说吃过了。我说今天天气真热,跑这一天你们可够累的。她笑了,说确实很热啊,出了不少汗。

我想明星这会儿估计还在吃饭呢,我就再等等她。于是在心里准备一下采访提纲。闲聊了几句,她问我,主要是想采访些什么问题呢?

我说,随便聊聊吧,比如家乡啊演戏啊这些事,呵呵。

我是什么时候被脑中突然一闪而过的念头击中,然后醒悟过来,发现眼前这个人哪里是什么助手,而是明星本人的呢?我都忘了。或许是一句笑话,或许是一句家乡土语。幸运的是,还不算太晚。

唉,我采访过好些男男女女的明星,哪里想得到这一次会是这种状况——她和助手是住一个房间,采访时也没有其他人陪伴,更没有前呼后拥的感觉,只是一对一的冷清闲聊——明明是"星",却怎么不像"明"星。

我差点脸红了,心呼该死,自己竟失误到没有把采访对象认出来!

好在我经验还是丰富一些,在慌乱和尴尬突然闪现之后,即用几句东拉西扯的玩笑话搪塞过去,然后延续着这种说笑风格,把原来准备的问题一一抛了出来。接下来,气氛还是愉快,采访也算顺利,采访结束,我还跟她合了一个影……

至今想来，那都是我记者生涯中最感尴尬的一次。我想她本人当时也一定是有所觉察吧，心里滋味如何就不得而知了。

后来我每在电视上看到她一次，就会使劲地看，想把她的面孔牢牢记在心里。

姑娘,你的砖头掉了

古往今来,男女之间相互搭讪,总是需要一点道具的。

例如最擅风月的西门庆,如果不是因为一根小竹竿,他与潘金莲的相识也会费周折得多。话说那日,潘金莲正等着武二回家,叉帘子时失手滑落了叉竿,正打在了西门庆的头上。书里说是"没巧不成话",金圣叹却怀疑潘金莲故意,这两种解释各有道理。那西门庆倒也是个帅哥,生得"张生的宠儿,潘安的貌儿",潘金莲自是心下喜欢,唱了一个诺,"奴家一时被风失手,误中官人,休怪!"西门庆道:"不妨,娘子请方便。"二人于是打破僵局,说上话了。

搭讪,无话找话说,实际上是一门艺术。当此时,头脑发晕,胡言乱语,口齿不清,呆头笨鹅,只会把事情弄糟。须得审时度势,灵光一闪,就地发挥,将计就计,方会取得搭讪的显著效果。

明朝人冯梦龙,就在《醒世恒言》中记载了这样一件事:春末时节,有个帅哥叫范二郎去游玩,那路上,佳人才子跟蚂蚁一样多。到一个茶坊,他看见一个女孩儿,生得那叫一个美(此处删去形容词200字)。那女孩儿呢,一转头也看见了范二帅哥,四目相对,俱各有情。又不知对方姓甚名啥、家住何方、手机号码,碌碌人群之中,你我萍水相逢,或许转个身就再也无缘相见。怎个才能搭上话呢?这可急坏了二人。正巧,来了一个卖冰棍的。当然,冰棍在明朝还没有发明出来,当时卖的只有液体冰棍,糖水。女孩儿眉头一纵,计上心来,叫道:"卖糖水的,给我倒一盏甜蜜蜜的糖水来!"

这卖糖水的便倒了一盏甜蜜蜜的糖水,端到女孩儿手上。她接得在手,上口一呷,就大呼小叫起来:"好呀,你卖糖水的,要来暗算我!"这话从何说起?那女孩接着说:"你在糖水里有一根草,这不是暗算我吗?你知道我是谁吗?我家住某街某巷多少幢几单元几零几,我爹名叫某某某,电话号码七六五四三;你在糖水里放根草来暗算我,我爹要是在这里,非跟你打官司不可!"

那范二帅哥一听,这话摆明了是说给自己听的么!于是也如法炮制,要了一盏糖水,也硬说人家糖水中有根草,也把自己家的门牌号码、联系方式、电子邮箱报了一遍。这二人总算接上了头。你看这事闹的,人家一个卖糖水的容易吗?公子小姐打情骂俏,愣是把人家做小生意的糊弄了半天,估计影响当天的营业收入是肯定的了。

前些日子上王小峰的博客,看到他写飞机上的逸事,其中有一个高论:"在头等舱调戏空姐是高雅艺术,在经济舱调戏空姐就是低俗,而且成功率不高。"根据我自己的经验,在飞机上跟空姐搭讪,不管头等舱或是经济舱,成功率都不太高,原因只在于中国的空姐都普遍缺乏幽默感,或者说管理比较严格,她们除了该露八颗牙假装微笑的时候微笑,其他时候都难以见到笑脸。就算你把情书写在垃圾纸袋上递给她,她也表情平淡,无话可说。我有一哥们,那天在飞机上喜欢上一名空姐,想跟对方聊上几句,就学着外国电影里的桥段,失手打翻了一杯并不滚烫的咖啡,结果在空中两个多钟头里,那空姐愣是再没有对他看上一眼。

可见,在搭讪过程中,选择一个好道具是多么重要。

难度最大的,莫过于在路上碰到一个心仪的姑娘,两个人赤手空拳匆匆而过,假装上前问路都不太好意思。成功的案例是这样的:该男随手从路边捡起一块砖头,紧赶两步追上姑娘,问道:姑娘,你的东西掉了?

那个熟悉的陌生人

就像有人把闹钟拿去修,过一段时间才开始意识到缺少了它,因为它轻轻的、不断重复的"滴答"声消失了,而你想念至极。

我在火车上翻开一本书开始读,看到上面这一行字,瞬时心有所动。火车到站时打开手机,却看到一条消息,说罗京走了。

也许有的人并不知道罗京的名字,但是听到他的声音,你一定会觉得亲切,那就跟闹钟的"滴答"声一样熟悉,成为你生活和记忆的一部分。好多年了,似乎这声音可有可无,一点也不重要,但是突然有一天消失了,我们不由深深怅然。

想起来,这样的情景,在我们的日子里并不少见。

因为职业的缘故,我常会在半夜或凌晨回家。那个时段,清冷的街上已是行人稀少,只有寂寞的风四处流窜。每次经过距家不远的街角,却有一个摆烟摊的妇人,总在固执地守着生意。就连最冷的冬天,她裹着一件军用大衣,也要守到十二点,虽然我很少见到有人到她的摊前买什么——但,似乎总是有些生意的吧,比如酒气熏天的青年,从霓虹闪烁的娱乐城里出来,往往会到她那儿买包烟。虽然我这样想过,但我从没向她买过什么,因为,我不抽烟。

后来,有一天,也说不清是哪一天,经过街角的时候感觉不对劲。但是到底是哪里不对劲,还真说不上来,或许,也是懒得去深究吧。直到有一天,也是过了好久的某一天,有人说:"那个杀人的年轻人,被抓起来了。"

"哪个年轻人?"我说。

"就是那个杀了街角摆烟摊的妇人——那个混混……"

我很吃惊,积累好久的不对劲终于得到揭示,原来街角摆烟摊的妇人,已有好久不曾出现。有个凌晨,一个醉酒的混混买烟却不付钱,妇人坚决不肯起了争执,于是出事了。这可真是令人唏嘘的消息!

再经过街角的时候,我不免有点怅惘。我和那妇人从来不曾有过一句交谈,也没有驻足停留过,然而她长年累月地在同一个地方出现,像是一个没有什么意义的记号。现在这记号消失了,你的生活并没有改变什么,然而还是有一丝无法排解的伤怀,化作一声叹息。

生活像流水,终会覆盖掉留在沙滩上的痕迹吧,人们也很快会忘掉一些什么。就像忘掉曾经熟悉的闹钟的"滴答"声一样,忘掉街角的烟摊,忘掉每天晚上准时出现的男中音……

不管曾经有多熟悉,终会被淡忘掉——大概,正是"这件事"本身,让我们感到惆怅,感到无法排遣的忧伤。

 沈先生

山中空气还是雾蒙蒙的,沈先生就走路出发了。

他左手拎着一个饭盒,右手拿根拐杖,远远从山道上走来。到我家屋外,亮起嗓子喊一声:"细根,上学喽!"娘于是把我从床上拎起来,给我手上塞两个饭团,把装好的铝制饭盒递给我,我就睡眼朦胧地跟着沈先生上学去了。

沈先生身后已经跟着好几个孩子了。每个人手上都拎着一个饭盒,肩上挎一个黄色或青色的帆布书包,走路时有气无力——好像都没有从睡梦中醒来。这时候,山上草丛里虫子还在鸣唱,草叶上布满露珠,太阳还没有从山那边爬上来。

走一个小时左右,我们就到了学校,那是个山谷中的村庄,三间平房就是我们的学校。学校中间有两棵大松树,一根大枝桠上挂着一段钢轨,上下课的铃声就是沈先生拿铁锤敲击钢轨发出的。

沈先生戴着眼镜,才三十多岁的样子,村里的老人见了他就叫他"先生"。我上学的时候,他已经教了好多年的书了。一个

年级十几个学生,两个年级并在一个教室上课,沈先生有时让我们画图画,然后转到我们身后,给另一个年级的孩子上数学课。

每天中午,沈先生要给我们蒸饭。带饭的学生都在操场上,坐在松树底下吃饭,打开饭盒一看,大家都是黑咸菜炒辣椒。沈先生的菜,也和我们差不多。

沈先生会在午饭过后,和我们一起玩耍。同学们都喜欢踢鸡毛毽子,女生们尤其擅长;令人惊讶的是,沈先生竟然踢得一脚好毽子。有一段时间,我们还发明了用书本当拍,把鸡毛毽子当羽毛球打的游戏。打得久了,木瓜娃的书本封面都破了。沈先生发现后,严厉批评了木瓜娃同学,同时用旧考卷装订了好几本"球拍",参与到我们的游戏中来。

一次,学校附近的振兴他妈手上拎着一只光脖子的大公鸡,找到了学校里来。当时我们正在上课,振兴妈一直走到教室中间,对沈先生说:"沈先生你看看,你的学生把我公鸡脖子上的毛都拔光了!"

沈先生摸了摸脑袋,对振兴妈说:鸡毛拔了,鸡还在,照样打鸣,照样"打哼"(土话,爬到母鸡身上的意思),没关系的。

振兴妈就不高兴了。她说这只公鸡每天早上就是她家的闹钟,鸡叫两遍她就起床,自从成了秃脖子以后,公鸡再也不叫了,相当于她家的闹钟没用了!沈先生,要不然你和学生一起赔我家一只闹钟吧。

沈先生很生气。他对我们全校学生说,以后不准再捉人家的鸡拔毛做鸡毛毽子了。接下来的几天,沈先生天天提早一个小时就从家里出发,到我家叫我上学的时候,天上东南角还有两颗星星挂在那里,我们走到学校的时候,太阳也没有上山。沈先生第一件事就是拿起铁锤当当当地敲一阵钟,那意思是告诉振兴妈:好起床了!

　　沈先生给振兴妈敲了一个星期的闹钟。

　　后来,振兴爸把沈先生拉到家里吃饭,那天鸡肉香味一直飘到学校里来。振兴爸说,家里人不懂事,沈先生不要介意,这只鸡,本来就要杀了吃……

　　沈先生回来的时候,手上拎了整一袋子鸡毛,他很高兴,全给我们做成了鸡毛毽子。

时间为幸福停顿

第一次看《半生缘》是在一个雪天。星期天的下午,一个人走在街上看到电影海报,便进去看了。灯光暗下来,"他和曼桢认识,已经是很多年以前的事了……"

昨天夜里,在网上东游西荡,后来就点击了这部旧片来重温。世钧和曼桢,因了叔惠而相识,相互在心里有了喜欢的情思,却谁都没有急着说出口,或者,都羞于先说。曼桢心思是细密的。那天他们三人一起到郊外的柳树林里拍照,在冷风里,快结束的时候,曼桢提出要跟叔惠合照一张,于是世钧为他们拍了。拍完,有些大咧的叔惠便要走。曼桢轻声说:"我跟世钧……还没拍呢。"于是,世钧与曼桢有了第一张合影。

看到这里时,我就喜欢了曼桢:女孩的娇羞、柔情与特有的小小的"伎俩",都在这里淋漓尽致地体现出来。

然而片子是极凄美的。一次一次地错过,错得无可挽回。从一开始,他们的爱恋就不是那种轰轰烈烈的,而看似平平淡淡,却牵心扯肺。从相识开始,终于爱了,似乎这爱也会平平稳稳地下去。然而不是——就在看似没什么波折的过程中,故事却违背每一个人的意愿,越走越远,越走越远——是谁啊,在背后生生扭转了车轨,致使爱情列车绝望地失事……

第一次看的时候,在冬季影院的黑暗之中,我的心随影片一点点碎裂,痛在五脏六腑间枝枝蔓蔓地牵扯,我的泪,竟无可抑止!

那时我还太年轻呵,又怎能承受得起这般绝望的爱恋呢。那一刻,真的不知道——相对于隐藏在暗中的命运之手——有哪一样东西可以是我们"自己"可以把握和控制的。

片中有一幕,冰天雪地之中,与世钧失散多年的曼桢,恍惚看到他的身影,她于是冲过去,四顾,四顾,哪里还有他的影子?而此时,我只感到,世界是如此寒冷!

电影散场,寥寥的观众陆续离去。没有谁注意到,座间有个年轻的男孩,刚刚为片中无望的爱而悄悄伤心落泪。

而昨夜,片子我只看了半部。我看到他和她,一起吃饭,聊天,拍照,他为她半夜寻回那只红色手套,她与他在路上幸福地来来回回地走,他们说要结婚,说过几天就要结婚……

看到这里,我真希望他们立刻结婚啊(真的,你们快结婚吧,不然接下去会发生许许多多的变故,而你们,将为此抱憾终身——我已经看过一遍了啊,你们要相信我)……但是我知道,这片子即使我再看三遍三十遍,他们最终仍没结成婚!所以我只好关了电脑——就让时间在幸福的时刻停顿吧:让记忆只留下美好的部分,有情人都能相守,不要错过也不要分离;把握机会,赶紧结婚;愿世界为幸福停顿,好让每个人都能紧紧握住属于自己的那一份……

午间场

　　几年前我在那个小镇上班的时候,镇上几乎还没有什么娱乐事物。一条街,街面并不宽,从东头逛到西头也就四五分钟的光景。小镇上除了一家豆腐坊、两间理发店,在我印象中最深刻的就数街西的那家电影院了。

　　我常常在吃过中饭后骑一辆旧自行车来到电影院门前。午间12点15分,有一场电影会准时上映——票价2元。当然一点也不贵,虽然放的多是些老片。影院内设施简陋,只有十多排硬板凳,但屋顶很高,显得空旷,这是整个镇上最宏大的建筑物了。夏天的午间,尽管里边没有冷气,但太阳的热量却无法抵达影院的内部。高高的屋顶,有一架巨大的电扇在呼啦呼啦地转动。而冬天呢,说实话,里边就有些冷意了。但这并不妨碍我在每天中午影片上场之前准时出现在影院。

　　观众并不多,每次如此。有时三两个,最多时不超过十个,而我还曾数次享受过专场待遇。有段时间,我极担心因为客源问题,影院会取消午间场。但后来证明我的担心纯属多余,不管观众如何稀少,午间场电影一直放映着,直到两年后我离开那个小镇。

当影院内的灯光暗下来,我就知道,一场好戏即将上演。我总坐在第四排或第五排的最中间那个座位。我喜欢坐得离银幕近些,这样会让我很快融入银幕的人群之中,而忘记了现实中自己的存在。看电影时我从不吃零食,从不把臭脚从鞋中解放出来高高地架到前排椅背上。这些习惯被我固执地保持至今。但我会尽量让身体倾斜于一个最舒适的角度,然后,眯着眼睛,让思绪随着影片的开场飘远,飘远。

我在小镇电影院看了为数众多的老电影,甚至包括许多六七十年代的黑白片及少量哑剧。但随着时光逝去事实上大多数影片都被我忘掉了,现在想来那时候我要是养成记电影笔记的话,如今已是洋洋可观了。记得看张国荣早期的《鼓手》时我被剧中激情洋溢的鼓点所引诱,偷偷跟人学了两个月的架子鼓。看《魂断蓝桥》时被其中的分离场景感动得涕泪滂沱,那时我刚刚与远方的一位女孩分开。许多次在黑暗中不知不觉泪流满面。我想这都因为彼时彼地我的周围没有一个人,而我的心更敏感更丰盈。

当片尾曲最后的音符消失在影院空旷的黑暗中,我从座位里僵硬地起身。步出影院门时,我有几秒钟被突然的光线刺得睁不开眼。当我骑上自行车,许多次,我会忘了身边是熟悉的小镇,忘了下午的工作,忘了自己所处何时何地。

那时候下午上班我不可避免地常常迟到,这种状况直到两年后我进城工作才得以改变。但午间场,我再也没能看到。

傻帽朋友

好奇害死猫,好奇也害死人。我是无意中点开朋友的QQ的,当时他上洗手间去了,我在他的电脑前坐下来,想看一下已经深套半年的股票。结果鼠标一动,他的QQ弹出来了。

QQ,这年头比电话还重要了吧?总之现代人都患有孤独恐慌症,手机一刻都不离身,生怕与整个世界失去联系。QQ是网络一族的必备工具,所有网上网下的朋友,都在QQ上有个头像,一个QQ可以装下500个朋友,只要你上网,几百个头像闪烁,滴滴声、敲门声此起彼伏,那是相当的热闹。

我点开了朋友的QQ,就想看看自己的头像。你知道,几百个朋友在QQ上,除非你有爱因斯坦那样超人的记忆力,否则是很难记住那些网名到底是现实中的哪位朋友。QQ好友都要分一下组,比如有的人,是这样分组的:小学同学、中学同学、大学同学、同事、客户、一般朋友、酒肉朋友……

朋友的QQ好友分组,让我大跌眼镜。他是这样分组的:傻帽、大傻帽、超级傻帽、聪明人、超级聪明人……

当下我就热血上涌,我自认为自己智商不低,"超级聪明人"算不上,怎么滴也得归到"聪明人"里头去。但是我找来找去,没有在这两项100多人中找到自己的网名。我细细辨认,结果在20多个"傻帽"里也没有找到自己,在10多个"大傻帽"里也没有找到自己。我的心就瓦凉瓦凉的,不禁恶向胆边生,点开了"超级傻帽"那一栏。如你所知,我和三五个人的头像,孤伶伶地躺在那里。

你自认为关系最铁的朋友,在他眼里你不过是"超级傻帽",没有比这个更悲凉的事情了。朋友一来,我就质问他为什么把我归到此类。朋友听了一愣,继而哈哈大笑。

他说,其实这些网友都是他现实中的朋友,那些被他归入"超级聪明人"的,都是让朋友在生活中吃过亏的,这些朋友都太精明了,朋友一般对他们都是敬而远之的。

而那些"傻帽"、"大傻帽",才是他的好友,这些好友可以一起喝酒吃饭、唱歌聊天,也可以交流对生活的看法,可以坦开心灵自然相处。而"超级傻帽",则是他的知音,是经历多年生活冲洗而留下为数不多的至交,有朋友在患难时,一块面饼掰开两半分吃的朋友,也有曾在他乡街头流落时,一起在立交桥底下打扑克捱过漫漫长夜的朋友,也有在他失恋时最灰暗的日子,陪他一起走过的朋友……

朋友说着说着,眼圈都红了。我也在朋友的讲述中,记起了那些日子:我和他在南方打工时,坐在街边的小店里,就着几粒花生米,慷慨激昂地聊着文学与梦想;深夜我们走进风里,冷风让我们打起了寒颤,昏暗的路灯把我们的影子拉得老长……

后来我就有意无意地关注过很多人的QQ,看看他们的好友分类。有人的分类是这样:欠我钱的、我欠钱的、有借有还的;有的人分类是这样的:上过床的、准备上床的、有可能上床的、不可能上床的;还有人以见面频次分类:大宝天天见、每周一歌、月月舒、一年一次、天长地久……

可最让我印象深刻的,还是朋友的分类。"真正的朋友,不是在别人看来非常聪明的那些人,而恰恰是那些超级傻帽。"朋友的话,让我深思良久,心生温暖。

好朋友不一定经常见面,但只要有事,一个电话,招之即来,来之就办;好朋友不一定是生死之交,但肯定能让你放心,有钱没钱感情一样深;好朋友不一定要是个聪明人,但深更半夜你心情不佳时,操起电话第一个想起的人就是他。

你没那么多观众

有个朋友,45岁以后方才创业成功,生意做得蒸蒸日上,每天都在酒店、谈判桌、会议室里打转,从早上7点出门到凌晨一两点才睡。员工见到他,总是精力充沛,神采奕奕的样子,脸上丝毫没有疲惫。

可他的女儿懂得真实的他。每天回到家,都没有力气跟她讲话,只是倒头就睡。也没有休息天,就算过年,吃过年夜饭,也去厂里慰问员工。从春到秋,看他架着脚窝在沙发里陪家人一起看电视的时间,掐指头也数得出来。

照理说,事业干到这个份上,他也该让自己紧绷的弦松弛下来,家人和朋友也劝他多次,让他出去旅游、卸卸担子。可他总是走不开,"你让我怎么放心得下这么一大摊子事?"他说的也有道理,几千个人靠着他吃饭呢。

完全是大家都想不到的意外,在医院的一次体检中,医生神色凝重地在他的报告单上潦草写下"疑似"和一个大大的问号。这张报告单,像一根突如其来的巨针戳痛了他的内心,家人强制性地把他送进了医院,什么事都放下了。住院整整30天,连手机都关掉了,谢绝了任何人来探望。只有家人,陪着他天天去医院葱郁的后山上散步、聊天、听鸟鸣、看夕阳西下,就像突然醒悟过来,他看见生活是如此美好,而所剩无多的每一个日子,都应该怎样去珍惜。

又过了半个月,等到上海的复检报告出来,大家转悲为喜,身体那个疑似的部位只是良性,只需简单处理即无大碍。他也如释重负,仿佛天地一下子大了许多。

后来才知道,他不在公司的那些日子,公司如往常一样运转得很好,那么多得力的员工施展出了各自的潜能,把业绩做得更漂亮了。听到这些,他仰头一靠,把身体舒展在阳台上的躺椅上,长长地舒一口气,平生第一次那么轻松地睡了一个午后的懒觉。

有一次看电视上的访谈节目,正好是一位我原来非常喜欢的明星。几年前他的演艺事业如日中天之时,却淡出了娱乐圈,外界纷纷猜测,原因莫衷一是。现在才知道,当时他的想法真的非常简单,只是觉得太累,想换个生活方式过一段日子。主持人问他,当时那么果断地离开,心里究竟割舍得下那些么——多少演员穷其一生都达不到的红火、数以亿计的狂热追随者,以及,那么丰厚的物质回报?

他沉吟了一会儿,缓慢地说,其实如果说当时一点儿不纠结,那是假话,只是这些都是虚名与虚利。"我对自己说,其实你没那么多观众,别那么累。"他讲这句话时,全场静默,之后便响起了长久的掌声。

其实,谁的人生不是如此?我们每个人都把自己活成了"明星",都是在为"观众"而活。就像在一场拉力赛上,你拼尽全力地跑,就算真的跑不动了,也只有咬牙坚持,因为——那么多在看着呢,那么多眼睛在巴巴地望着呢。

而与比一场比赛不同,人生并非为了快速到达终点,而只是为了体验每一天、每一刻的美好。当你无法割舍太多的纠葛之时,你的人生便已经被绑架了。

我那位生意场上的朋友,现在的日子就过得很悠闲。而那个大明星,依旧是许多人心目中的大明星,更是人们生活哲学的"大明星"。真的,你换一种活法,"观众"照样很快乐,因为这个地球少了谁都一样在转。所有的"观众",究其实只是你心里的樊笼。

真的,你没那么多观众,别那么累。

有故事的人

这对老人的恩爱,让整个旅行团的人都感到惊讶。

下车,老先生先下,再探过手来,牵着老太太下车;上车,他在后边举着手,扶着她上车;在景点里走一走,他俩也无时无刻不牵着手。那牵着的两只手,沟沟壑壑,像岁月刻刀下的礁石。

导游是个 80 后小姑娘,羡慕地说:"大爷大妈怎么这样恩爱呀?"

老太太听了抿嘴哈哈笑,对导游说:"小姑娘,你不知道,其实是我眼睛不好,他怕我摔倒,只好时时处处拉着我的!"

虽是这样说,旅行团的其他老头老太们,看到他俩,还是很羡慕。

人家不知道的是,20 年前,老太太做过一次大手术。她被查出患了乳腺癌,以为性命不保。所幸发现时还算早,她又生性豁达,动过手术后就一直没有复发。而当时,老先生日夜陪在病榻旁,守了 22 个日夜,每晚只睡三四个小时,

老太太曾说,要不是有他在,她也许早就先走一步了。

现在,两位老人生活在一起已经60年了,60年,用导游小姑娘的话说,就是"钻石婚"。相携共度数十年,是命运的眷顾;而人世间最难得的事,莫过于共同走过数十年的风风雨雨后,两人依然如此相亲相爱!

人家不知道的是,50年前,老先生的人生中,曾遭受到最严重的浩劫!

当时他被划为"中右",被勒令到农场改造20年。组织上为了帮助她、爱护她,千方百计地对她做思想工作,劝她离开他。他们说:"这不是人民内部矛盾,这是敌我矛盾!你如果不与他划清界限,你就是站到广大人民的对立面去了!"

她个子小小,声音也不高,但回答却那么坚定。她说:"我没有发现他做什么坏事啊,而且他以前的经历,组织上都是有过调查,有过结论的。他没有欺骗我,我怎么能离开他?"

"文革"中,她因为没有与他"划清界限",被挂牌游街、抽斗。他在农场改造,家中只有她孤零零一个人。担心她半夜回家想不开,做出什么傻事来,住在隔壁的一对共产党员夫妻,悄悄陪她坐了半宿。

倔强的她,没有掉一滴泪。她说,"他遭受了不白之冤,我再跟他离婚,这不是落井下石,把他往死路上逼吗?"

这句话,那对共产党员夫妻后来一直记得。1980年,他彻底得到平反,两人依然恩爱有加。"文革"中破裂的家庭无数,而他俩的故事,已成为人们口中相传的传奇,就连最初给他下达处分通知的领导,也对她竖大拇指:"这个女人,了不起!"

而其实,人家更不知道的是,60年前,他们是私奔出逃的一对。

1947年,他从老家山区出来,在杭州临平当一个小公务员,就遇到了她。她是从小被父母送给一个有钱人家里养大的,认识他后,养父母家里死活不同意。

老先生说:"不同意怎么办呢?我就只有一个理想:就是要走向光明。"

老太太说:"我就下定决心,要争取自由,就跟着他私奔了。"

1949年3月11日,现在的两位老人,当年两个不到20岁的青年人,就这样化名投奔了革命,也投奔了自己一生的爱情。

没有婚纱照,没有结婚誓言,没有嫁妆,甚至没有迎娶仪式——他们就这样携手走过了后来的风雨60年。

一院桂香

本来,是约了与一个号称情歌王子的大明星见面,顺便一起吃饭。地点,就选在湖边一处幽静的角落。

然而由于主办方的差池,令我在酒店沙发上徒然地耗费了不少时光。看着时钟已经走到了十点,不想等了,于是准备离去。在回廊间左转右转,没有往进来时的大门走出去,却从边门走进了一个小院子……

——吸鼻子,啊,真香。

夜已深了,是什么时候下起了小雨的呢?绵绵的雨丝飘下来,被茂密的桂树拥围着的小院子便像是笼在一层薄雾中,而那香是从薄雾中透过来的,如波纹一样漾入鼻孔,是的,桂香。

满陇桂雨,以前没有见识过,只是在这样一个机缘巧合的夜晚,一头撞了过来。小院子里的地,是用防腐木铺就,昏暗的灯光映出上面薄薄的雨水,一地的桂花,落在木头上,浸在薄雾中,染在衣袂上。这静谧的小院子里,摆了三四个小椅子,有两三个人在喁喁细语,更添了一分秘境的意味。一刹那,叫我不忍离去。

在院子里徜徉良久,身体所有的毛孔都被打开,原本的郁闷如被这桂香涤荡一般一扫而空。这时候我就想起了郁达夫一个小说的名字,"春风沉醉的晚上"。这个晚上,该是"花香沉醉的晚上"了。

后来我才知道,情歌王子,那个大明星——只是戴了一顶鸭舌帽,行踪诡秘地躲在酒店的某个包厢里,偷偷摸摸地吃了一顿饭。因为怕被别人认出,又生怕多出什么事端,硬生生地把自己给"低调"了。

我倒是可怜起他来——如果连吃顿饭也要偷偷摸摸地来,你这样做个明星,又有什么意思呢。即便是有一院子的桂花香,他也是没有福分嗅到一丝,没有闲情领略一分。

我错过了明星,却邂逅了这一院桂香,真是叫人生出庆幸之感。若不是因了起先的错过,兴许我也是躲在那个四面严密的包厢中,乏味地消磨掉这一个晚上;若不是因了起先的错过,我又哪里有机会,从一个边门,推开一个桃源般的胜境,又领悟到这些的人生机巧?

所以,我要谢谢这场错过,让我邂逅这一院桂香。

离去的时候,走在柏油山路上,感觉整个世界都是雨水清洗过的通透,桂香浸染过的灵秀。脚下轻快地走着,口中轻轻地哼出了歌。

七月在野

在城里生活,不知今夕何夕,是与农事完全的隔膜。只觉天是一日日地闷热粘人,欲雨无雨,心烦意乱。翻了翻日历,才知夏至已过,小暑在即,此时便是漫漫苦夏的开始了。

打电话回家与父亲闲聊。父亲说,田里早稻就要灌浆了,这个时节田里是缺不得水的。"六月六,看谷秀。"有了泥的湿润,又有高气温,阳光充沛,正是庄稼孕育抽穗的最好时节。

你忘记了吗,你十多岁时,我们整夜在池塘边泼水呢……父亲喃喃说。

怎么能忘呢。

放下电话,鼻子里就似闻到那熟悉的泥腥味了,村外那口布满开紫花的水葫芦,长着芦蒿的池塘,便也浮现眼前。那时我虽瘦,个子还高,小小少年也是抽穗拔节的时候。傍晚便和父亲一人拎一只脸盆,往池塘里走去……

要泼水呢。这是苦力。炎夏开始,十日无雨,池塘水位就低下去。下游的几十亩稻田,都是要靠这口小塘灌溉的呢,水面却比渠道还低了，只得靠人力，一脸盆一脸盆把水舀进渠道。

几十亩稻田，我家有三四亩。去到池塘边，已经有很多脸盆在排队了。一户人家泼两个钟头，这些水流进自家稻田，舔湿被太阳晒干的土地，滋润那些口渴的禾苗。

小暑时节，大地上便不再有一丝凉风，所有的风中都带着热浪。晚上却凉快。星星一颗颗在天上亮起来，各种鸣虫也开始唱，加上哗哗哗的泼水声，也不寂寞。

我常常在想，这条渠道蜿蜒好几里，手上的一脸盆水倒进去，要几时才能流到我家的稻田呢？

还有蚊子。野外的蚊子毒，就算你在一刻不歇地劳作，蚊子也能找到稳妥的下口处。气愤的时候，我扔了脸盆，左一巴掌，右一巴掌，把自己的腿扇得噼啪作响。也不知打到蚊子没有。

父亲依然默不作声，继续一脸盆一脸盆地把水泼进渠口。我伸直腰，抬头望望深邃的夜空，不敢出声地叹一口气，拿起脸盆继续泼水。

我怕水蛇。池塘里有很多水蛇，晚上就都出来纳凉了。那是多么令人恐惧的东西！

父亲安慰我，说水蛇无毒，没事。我只好不去想它。时常能感觉有水蛇游过我的腿边，记忆里确实没被水蛇咬过。

那一口池塘，到了下半夜，水就快见底了。水葫芦搁浅在了淤泥上。一片片鲫鱼啪啪地乱跳。就着月光，我们可以摸出半脸盆的鲫鱼来，这一件事，可以大大抵消劳累半宿的疲倦，使我们回家的脚步变得轻快许多。

后来过了许多年，乡亲们越来越多用起了电动的提水机。

牵一根电线过去,就可以从池塘底部把水灌溉到沟渠里。后来不知怎么,池塘一年比一年干涸,大家就在各自的田间一角,挖一口井,把提水机扔下去,直接把水抽到了稻田中。

在梦中我都能听到那些水流淌过稻田泥土的汩汩声响。水流渗进土地时,还有嗞嗞的声音。禾苗的根须在泥中吸取水分,也会发出细微的嘶嘶的声音。

六月六,看谷秀。六月六,看谷秀。

低头思故乡,我从喃喃自语中猛然惊醒,沧桑之感便一下涌上心头,苦涩直逼记忆深处。我早已逃离那片土地,父亲还在留守,不过已不再耕种。

小暑过后是大暑。"春争日,夏争时",乡村一年中最苦最累的时节就要到来了。我轻轻合上书页,想起《诗经》中"七月在野"的诗句,池塘泼水的场景在眼前怎么也挥之不去。

你记得这城市的哪个角落

有人经常来这座城市出差,这儿有他的一个分公司。他总是往返于机场、酒店和公司之间。有一天坐在20楼的酒店餐厅里,那里能望见一片湖光山色。他突然停下手里的刀叉问身边的人:"哎,你说,那个湖那么出名,它最美的地方是在哪里?"

他从没去过那个湖,哪怕在湖边静静地站上五分钟,都没有。更别说,坐在悠悠的小船上,听那着一身蓝布碎花的美丽船娘摇出一路桨声花语。他记得的,只是机场的宽敞明亮,酒店前台小姐的职业微笑,还有从机场到酒店的漫漫堵车路。

有一个装修工,五年前就来这城市务工,一年中有350天在这座城市里度过。他没去过景点,当然也没去过机场,没有在酒店里住过。他对于这座城市的印象,似乎都是由一个个毛坯房构成的。他和工友们一起,卷着铺盖来到一套无窗无门,徒有四壁的空房子,丁丁当当地忙碌三个月或四个月,把房子收拾得华丽光洁,他又卷起铺盖搬进下一个毛坯房。

此外,他还记得的是每次进出小区的门岗时,保安那一双狐疑的目光——直到一个月多月以后,他对几个保安的脸熟悉得能背下来,对他们的值班时间也了然于胸时,他们还照样要检查他的出入证。

有个一心想出人头地的摇滚歌手,一直没有机会进入娱乐圈的星光大道。他在这座城市的某个小区租了一间狭小的储藏室,白天就在那里睡觉,夜幕沉沉时他才出动,到一个个灯红酒绿的酒吧扯着嘶哑的嗓门唱歌。他唱的歌都是自己写的,他写过自己年轻时犯下的傻事,也唱过自己那几段有头无尾的爱情。他唱着那些歌,有时能收获零零星星的掌声,有时没有。如果有人献花篮点他的歌,那酒吧给他的报酬就会多一点。他记得的是,有一个月里,一个三十多岁的女子每个晚上都会来听他唱歌,每个晚上都会给他献一个花篮,有时他赶场到下一个酒吧,她用不了多久也会出现在那里。

后来他却再也没有见过她,为此他喝醉了酒,在下着雨的街头摔了一跤,摔坏了他的那把吉他。

有一个母亲,她的孩子生了大病住进了最大的那家医院,为此她不得不在这座城市呆了将近两个月。她花光了家里省吃俭用好多年的积蓄,还向亲戚朋友借了几万块钱。为了省钱,那两个月她都陪着孩子住在病房里,孩子睡床上,她睡在地下。每天清晨五点多钟,穿着蓝衣服的护工都会进病房打扫卫生,尽管好心的护工尽量把拖地的声音放轻些,可那刺鼻的消毒水味还是会把她弄醒。她对着护工笑笑,然后把席子卷好靠在墙角,轻手轻脚地出门,去早餐店买一份稀粥。

她于是记住了这座城市的清晨。那散发着消毒水味的清晨,护工看见她醒来时体贴的一个微笑,以及,医院后门早餐店的老板——那老头子估计有60多岁——每次会从桶底捞起稠稠的一勺,盛进她的搪瓷碗。

还有一个女孩,她和一个男孩一起到这座城市读大学,他们都很努力,很优秀,最后他们成功地留在这座城市的一家大公司里上班。他们谈了几年恋爱,然后终于准备在下半年结婚,这天晚上他们一起去看电影,看完电影一起走路回家。可是,就在他走过斑马线时一辆咆哮的赛车狂奔而来,男孩被高高地撞飞了起来。

从此,女孩只记得这座城市的斑马线。每条斑马线都像刻在她心头的伤,每一次路过,心上都会被狠狠地割出血来。

雷老师的菜地

雷老师刚到学校,为了整一块菜地,把手上的皮都磨出了血泡。

小山村无处买菜,青菜萝卜都要自己种出来。雷老师大学毕业,没有种过地,把一垄地挖得坑坑洼洼的。有个家长到学校给孩子送饭,看到雷老师在地里忙得满头大汗,就抢过锄头,把地整踏实了。

白天,几十个孩子让小学校充满了生气,到处是琅琅书声和打闹声。傍晚放学后,孩子们都走了,特别是晚上,山里安静得叫人发慌,雷老师就很寂寞。他是学美术的,双休日就背上画架,去山岙岙里画画,从早上要一直坐到太阳落山。

当初刚参加工作,雷老师从城里坐了两个小时的中巴车,来到山外的大坝口,去接他的机帆船已经等在了水库边。雷老师上了船,问一个村民,到洋口还有多远。村民愣了一下,说有五十多里呢。后来机帆船从中午一直开到傍晚,洋口还没到。雷老师又问,村民这才不好意思地说,五十里,是直线距离呢。

冬转夏来，雷老师的菜地也长出了各样的蔬菜，有红的辣椒、青的白菜、亭亭玉立的大蒜和随地攀爬的南瓜。可是他的瓜总是要瘦弱一些。雷老师在石堆上开出的地，贫瘠着呢。

不知道哪一天，有个孩子早上来上学，把一棵大白菜放在了讲台上。雷老师很意外，问是谁带来的，孩子们都哄的一声笑出来，没人说是谁。第二天，讲台上有了两根青碧的丝瓜。第三天，讲台上放着一串香香的豆腐干。

豆腐干雷老师能猜出是哪个孩子的带来的。程小枫爷爷开过豆腐坊，手艺远近闻名，光看看豆腐的模样就知道是他家的。可雷老师没有说破。每天中午，他把这些菜都烧一盆，和孩子们坐在一起吃饭。孩子们多数带的是咸菜，吃着雷老师烧的菜，他们都说比妈妈烧的还好吃。

有一天上学，雷老师发现有个孩子在哭。那孩子父母都在省城打工，家里就一个年迈的奶奶。原来，这孩子也想着给雷老师带菜，等家里的母鸡生了五个鸡蛋，小心翼翼地装在书包里。上学路上，却被石头绊了一跤，人摔了，手上还记得把书包举起来，还是破了三个鸡蛋。剩下的两个，是用手捧着，送到学校来的。

雷老师拿来紫药水，给孩子清理膝盖上擦破的皮肤。上课时，看见讲台上的两个鸡蛋，忍不住鼻子一酸，赶紧假装转身写黑板，把眼泪擦掉了。

那两天，正好雷老师的城里女朋友，跟他吹了。雷老师半年难得出一次山，他前女友只好爱上了一个公务员。

雷老师的菜地，瓜果都长得好，孩子们都夸雷老师种菜的手艺也越来越好了。

晚上,总会有学校附近的家长,来请雷老师到家里吃饭。村民家杀了一只鸡,买了两斤肉,水库里钓上两条鱼,都记着雷老师。有时就支使孩子:"去,把雷老师拉来。"每次孩子拉着雷老师的衣服,把他拉着家门,大家都很高兴,孩子更是得胜一般。

雷老师就是这样练起了酒量。可是他扣得好,绝不让自己喝醉。老师,怎么能喝醉呢?他自己这么说。

本来,雷老师去年就能调到山外去了。他已经在这大山里,干了十二年,再不出山,这辈子恐怕连老婆都娶不上了。雷老师的父母,在城里上班,跑了半年,终于把调动手续都办好了。可是洋口小学的另一个老师,却突然生病,没有新的老师分配进来,雷老师也走不成了。

雷老师是我表弟,现在是校长,管着他自己和三十四个学生。前些日子我去他学校采访,印象最深的是那一垄菜地,颜色鲜绿,瓜果飘香。

你怎么猜得到十年后的酒

十年前的那个晚上,我们把班主任老莫硬拉去了大排档。大排档在一座立交桥旁边,桥那边有河,桥底下有过夜的人。

叫老板娘上了两个菜,我们坐在塑料桌边喝酒。毕业了,就是能喝酒了。我们学着旁边那桌人光着膀子喝酒的样子,端起一杯就一口喝掉了。老莫破例没有对我们板起面孔。他端起酒杯,说:"喝!"

那是毕业包分配的最后一年。小堂家在农村,上学时是他父亲用扁担挑着行李送他到省城的。父亲叫他毕业了还是回家乡去,在县医院当个医生,还能照应家里。小堂铁定了心,要留在省城。留城的名额已经没有了。小堂一家医院一家医院去跑,直到班里同学的去向大多数尘埃落定,他还不知道明天会在哪里过夜。

老沈捏着酒杯,一直没有说话。他也来自农村,可是他在学校里当了三年的班长、两年学生会主席,是入党最早的学生党员。他"根正苗红",老早就显出处事成熟的能力。毫无意外,他留在了省内最好的医院。面对一桌最好的同学,他觉得自己说什么都不合适。

颜真,生活条件数他最好了,身上的名牌也数他多。我们都不知道他会在哪里工作,他自己也不知道。他相信他爸爸会为他安排好这一切。

老包大嗓门,说:"来来来,喝一杯!反正我是要'肥'老家的。"老包是体育委员,性格豪爽,然而"回"、"肥"不分,一句"化肥会挥发"从他嘴里出来就成了"发肥费飞发"。

我们碰杯,都觉得天边很大,以后不会碰面了。老莫说,你们都想错了,浙江也就屁股大的地方,你们说不定会常常碰面的。我们沉默,因为真的不知道会不会那样。

你怎么不留城?老莫问我。

老莫其实是问过我的,然而我去意已决。原因说起来很可笑:我实在太怕挤火车了。上学的那几年,放寒假回家和年后上学,挤火车的回忆和单脚站立的漫长旅途,都是一种不堪回首的折磨。我说,我觉得还是家乡好啊。

大家于是喝酒。老莫被我们灌醉了。我们把他架回了教师宿舍。

十年来,我们几个人果真老是碰面。老沈一边工作,一边不停地念书,读了大专读本科,读了本科读硕士。前年结婚了,现在又在读博士。我说,别读了,有什么用啊?他说,是没用。不过科室里30多个人,文凭最低的也就硕士,想当个副主任还得博士呢!

老沈娶了个富家女,现在有车有房,小日子活得很滋润。上半年遇到,他开玩笑说:"现在没什么追求了,假如炒股、包二奶不算的话……"笑声里我却听出几许无奈。

颜真也留城,省医科院下属一单位,工作最清闲,效益也好。一次同学吃饭,我见到他给坐在一边的老婆从头到尾地夹菜,很惊奇。同学们倒是见怪不怪了。"他已经变成一个典型的居家男人了。"他们这样赞美颜真。

小堂在一家医疗设备公司上班,后来做了全省总代理,后来做了华东地区总代理。后来不做代理了,专门销售一种生物科技食品,有事没事就往香港跑。

老包,在家乡的一家中央卫生院上班,第二年当了科室主任,因为他们科室只有两个人。第四年当了副院长。第五年进了县医院,现在又当了副院长。

我呢,早已离开原来工作的医院岗位,换了三四个单位,现在做了一名记者,天天靠写文字吃饭。

十年来,我们惟一没有见到的,就是老莫。老莫移民去了澳洲。

无人时唱歌给梦想听

在大多数人眼里,他是个幸运儿,但只有自己知道,他已开始与青春脱节。

16岁之前,他甚至没有到过县外。他的父亲,父亲的父亲,祖祖辈辈就在这一块土地上生活着,把汗水一把一把地甩在身下的土地里,收割起微薄的希望。他们目光迷离,仰望天空时能够清晰地看到天上的粒粒星子,但无法穿透重山复水,看见远方。

那年,他以全县最好的成绩打破了沉寂,跃出村庄许多熟识和不熟识的村人踏进家门,他们手上捧着鲜红的鸡蛋,脸上洋溢着由衷的庆贺表情。父亲用一辆26寸的载重自行车把他和行李箱送到了10公里外的县城,然后一起乘上从县城开往市里的班车,那是他第一次坐汽车,只记得汽油味很好闻。

他上的是一所中专卫校。在车上父亲对他说,"儿啊,你现在走出了村庄,你就不用回来了。"农村人最大的荣耀就是娃儿扔掉了祖传的农具。他也开始对未知的远方和未知的人生充满无限憧憬。

然而,三年后他还是回到了县城。19岁这一年,他穿起白大褂,当起了一名医生。尽管他对这项高尚的职业抱着尊重的态度,但开始发觉自己并不真正热爱这一行。人生最初的抉择在他还不知把握的时候已经失去:学校是家人和老师选的,理由是如果全世界的工人都下岗,医生还是会有饭吃。这当然很对,很有道理,吃饭是农民质朴的却颠扑不破的生存哲学。

医院里常有一些农民专程进城来看病,他们的裤腿上还沾着新鲜的泥巴,布满皱纹的脸上愁云密布。操着乡下口音说着夹生的城里话,对医生们赔着笑脸。但面对一张张药费单时,他们脸上的表情凝结住了,骨节粗大的手指在口袋里抠了半天才抠出皱皱的几张纸币。这时候他总是不忍心再看下去。面朝黄土背朝天的劳作,一走出山外就迅速地贬值!许多人舍不得乘两元钱一趟的中巴而宁愿走着进城,许多人不舍得进饭店而宁愿吃碗清汤面条。他知道在这些人的眼里,他,县城大医院里的一名医生,是幸福的。至少,每个月的14日会有一笔不多但固定的工资打到他的存折上,每年夏天有两箱可乐、一箱冷饮、几块香皂、一大捆卫生纸发到手上,每年单位还会组织职工到外省旅游一趟,诸如此类。

但是,他的梦想呢?想到这两个字,心里开始有疼痛的感觉。他的心灵就要被生活的小小甜美所麻醉的时候;这俩字还能刺入心的深处触动几根敏感的神经。他有过梦想吗?他这才发现自己所走过的路从来跟梦想无关……

下班后他习惯把自己的想法写下来,密密麻麻涂抹了十多个本子，在这率性恣意的涂抹当中，他深深体会到一种身心的愉悦感，他被文字的魔力迷惑了。1998年，他用自己点点滴滴积攒下来的5500元稿费买回了一台赛扬电脑。此后，除了工作的八小时外，他把自己关在那间11平米的单身宿舍里，在书桌和电脑前，他像一个执著的渔夫，不知疲倦地一次次撒网，打捞起文字的大鱼小虾。

这时候他才知道，他的梦想，不再虚无缥缈，它高高地处在头顶，只要仰起头就可以望到。

很偶然的一次，他的写作才能被领导发现，先是从医疗一线换到了行政，再到局机关，一年后被县委部门抽调，后被留在了县委大院。

所有认识的人都说他前途无量：你这么年轻以后机会很多。他当然知道他们指的是什么，但是没有人知道他的迷惘，有时候你面前没有路，就会很想走出一条路来；有时候前面有无数条路，你却不知选哪一条好；而更多的时候，当你走上一条路，却发现并不是你要去的方向却无法回头……

按理说像他这样70年代末出生的人，该是个性张扬的那种人，而他却像过早背负了沉重的东西。工作的地方气氛总是极为沉闷，每个人说的话都四平八稳面面俱到，你分不清哪一句才是他真正想说的意思，人们和气而有距离地微笑，委婉而精到地表达，拖沓而完满地工作。机关是门极为深奥的学科，而像他这样的年轻人，又怎能深入其中？他小心翼翼地学着微笑、沉默、低头、工作。

他就这样远离了他的青春。他的原来的年轻的朋友们，他们打球、喝酒、唱卡拉OK、逛商店的时候,从来没有他的影子。有一次跟从前玩儿得来的几个同学聚会,他发现自己已经完全无法融入到他们的话题和生活中去了。他们是年轻而有朝气的,而他已经暮气沉沉,成了一个年轻的老机关人。

有时候他在办公室里发呆。实际上那时他在艰苦地思索。写作大多数时候是个极为痛苦的过程。但是他已经爱上它了,这没有办法也是他心甘情愿。他推掉可以推掉的应酬,逃避不用加班的加班,不逛街、不看电视、不上歌厅舞厅、不在12点前上床睡觉。有时候他文思泉涌,用键盘敲下一个又一个字符;但更多的时候他在电脑前呆呆坐着,脑袋一片空白。

他想辞职。但他还没有下定决心。在这个小城,几乎所有人都认为当官是世界上最好的职业。但是他不想当官,一个不想当官的人在机关里还有什么"混头"呢?他不想他的一生就那样交给办公室。是的,写作是他的梦想。尽管他现在每月有不少的稿费收入,但他无法保证以后他能每月有稿酬收入,或者几十年后他还能靠稿费赚一口饭吃……

现在,他只能在无人的时候唱歌给梦想听。他告诉自己,要努力写作,等到稿费收入可以让他把心爱的女人娶回家,把小小的房子买到手,他就炒机关的鱿鱼。这是他30岁之前一定要做的一件事情。不然,他的青春一眨眼就会真的消逝无踪了。

五　一天收获几斤快乐

快乐拾荒者

我不知道,是不是所有网络依赖症患者同时是搜索强迫症患者。

到哪里吃饭?百度一下。

怎么坐公交车?谷歌一下。

给女朋友送什么礼物?百度吧。

就算被扔在大山里,想要知道一个脑筋急转弯的答案,心中的第一反应也是:要是可以谷歌一下多好。

这几天的日子过得很平淡?那么,就搜一下"这几天有趣的事",看看别人是怎么过的——

1. 买了鸡腿堡去公司当中饭吃,心情恶劣的时候一点都吃不下,还剩一半,包起来扔脚边垃圾桶;5个小时后突然发现饿了,很夸张,看看四面没人看着我,迅速把那个鸡腿堡翻了出来,解开袋子,并两口吞了,像做贼一样,一直很紧张,因为味道浓郁依旧,竟扩散开了,还好周围人大多工作专心,没发现我的怪异。

2. 我在火车站门口路过,看见不远处有一个不到30岁的女的,左顾右盼看着路上的行人,好像在找什么目标,我就走了过去(反正也没正眼看她,我也要从那里路过),她走了过来,对我说:你好,我有些事情要麻烦你,你别误会了,我要去温州,下午1点的火车……没等她说完,我就打断她说:我也要去温州,我的钱包也被人偷了,还差3块钱就能买到火车票了。然后我就走了,偷偷看了她一眼,哈哈,她愣在那里了,用一种很异样的眼神看着我。我差点担心她冲上来,握住我的手说:原来是同行啊。

3.我去超市买东西,结账时,有个老头挤到我身边插队了,插就插吧,我看他那么老,我年轻,等着就是了。于是乎,他果然插队。以下是他与收银员的对话。

"小姐,你长得真白,嘿嘿。"

小姐也看出这是个老者,就白了他一眼,没说什么。

"白就是好看,你怎么就这么白呢?有的就长得黑,你看她真黑。"说罢他指着我的胳膊说。

"女孩长得黑就是不好看,你看看。"

我当时差点岔过气去……

在人海里打捞生活的乐趣,还真是一件好玩的事。有人和我想法类似,在百度"知道"里提问:

"我这几天心情不太好,谁能给我讲个笑话,谢了。"下面,就有人贴出了电子版的《笑林广记》,洋洋数万言。

是的,在网上,我就像个拾荒者一样,不经意间收罗了一筐快乐。

失恋是一次免疫接种

打开信箱,收到一封网名叫"白色朱古力"的朋友的来信。信写得眼泪汪汪,满纸辛酸,原因很简单:她失恋了。那个曾经在酒桌上对她说"自从第一次在单位看到你,我就喜欢上你了"的那个男人,挥挥手不带走一片云彩地离他而去了。而这,是她的第一次恋爱。

收到这封信的时候,我刚刚从报纸看到张爱玲又热闹起来了,陈年往事都被拿了出来轰轰烈烈地炒作,一切缘于她一本带有自传性质的长篇小说遗作《小团圆》在台湾出版。炒作的新闻写得很夺人眼球,字字涉及她的情爱与性。正如你所知道的,为了金钱,现在一切都可以炒作。可悲不可悲呢,就算这个女人在14年前已经在洛杉矶公寓里孑然老去,还依然逃脱不了日后被人唾沫横飞地风言风语。

这个世界就是这么纷纷扰扰,所幸的是,我们都不是一个明星。作为明星,那些人就更惨了——甚至他们的爱情都完全可能是一场彻头彻尾的骗局。一位好莱坞的广告人说:"你能很轻易地想象出这笔交易是如何谈成的:她被告知自己会在五年内成为一线明星,她必须扮演完美的伴侣并做到他们所要求的每件事。好莱坞永远默认这种表演,只要能为它带来金钱,一切都被允许发生。"

是啊,在那些视爱情如狗屎的人心中,世界上大概已经不存在什么所谓的爱情了罢?而像白色朱古力这般,为了一次短暂的、没有开始就已经结束的、无关乎性事与欲望的小小恋情,就不禁潸然泪下的故事,倒是颇有些像童话故事了——有些青涩,无限纯真,稀世珍品,存量不多。

我坐在电脑前,给白色朱古力写回信。

我真诚地对她说:我要恭喜你,走出了爱情路上的第一步——你初涉情场,这是一个有益的尝试。虽然她走得不太小心(小心又能怎样?她又不识路滑),打了一个趔趄,但是谁的第一步会是完美的呢?

从理论上来说,任何一场失败的恋爱,都会带来一个比它更好的结果。爱情就是一种病原体,强大的病毒,会让人中一辈子的毒(结婚了);小小的病毒,也就像打一次免疫针,免疫之后,结痂了,在你完全不知道的时候,它就自然掉落了。有的会在皮肤上留下一个浅浅的痘疤,不用怕,那只是爱情的纪念品。有的人在接种之后,会有一点低温发烧的副作用,放心,那基本属于正常的爱情反应。

下一次,如果有一个男人在酒桌上带着几分醉意,红着脸,拉着你的手对你说"从你一进单位的那一天,我就开始喜欢你了"这样老套的话,这个时候,你的心里就会放一场电影,接下去他就会背出你熟悉的那些台词。然后,你就可以仰头一笑,把那些病毒一样的男人随手掸落在地。

也许,人都是这样练出来的吧——在一次又一次的摸爬滚打中,把爱情的心脏磨出坚硬的老茧,修成坐怀不乱金钟罩。然而我们又有什么办法呢?这个世界总是有那多么刽子手,他们总是会把至高无上的爱情看成一坨臭狗屎。而我们,只是水来土掩被动防御:你无法左右别人不在爱情路上挖掘陷阱,那就只有让自己变得更有抵抗力,在一脚踏空时,可以轻易施展轻功全身而退。

远离,远离

在我的文章中不止一次地提到过"远离"这个概念。我们似乎从一开始,就在"远离"。人生之初,我们离开了母亲的子宫,那是我们最初的村庄。在会蹒跚走路了之后,我们离开了母亲一直牵引着的那只手。后来,我们就一次走得比一次远,走到母亲能够企及的目光之外……

第一次出门远行的感受让我刻骨铭心。16岁之前,我根本不知道这个世界有多大。我所了解的世界也仅限于地图册上密密麻麻的标注和纵横交错的蛛网。那一年夏天我考上了中专,怀着对未来的美好憧憬和满腔热情,第一次踏上了远行的列车。列车启动的那刹那,我看到村庄在后退,人群在后退,我十多年脚踏着的那方水土,随着有节奏的声响和晃晃悠悠的感觉渐渐从眼里消失。这么多年过去了,至今我无法很准确地形容出当时纷繁的心绪。我只知道,从此,离开了母亲父亲的呵护,我的人生路就要自己一个人去走了。

在火车上,我记起童年的一件小事。有一天下午,我在村庄里和其他的小孩子玩,玩到很晚才记起回家。然后我像一阵风一样跑到家门口,却看到家门已经关了,门上挂着那把很大的铁锁。我发现自己被关在了"家"外,在这整个村庄里,我想进去的那道门已经关了。然后我就哭起来。我是个被人群遗忘了的孤独小孩。我坐在门前的大石上哭了好久,终于有一个村人告诉我他看到我的母亲,扛了根柴担上山砍柴去了。于是我飞快地跑到后山空旷的山谷里,对着高高的连绵的大山,扯开喉咙尖声地喊:"娘——,娘——"我听见自己的声音在青山深处回旋了好久,一拨一拨地回荡着,"娘——,你在哪里……在哪里……"

16岁时在远行的火车上想起这一情景,我的泪水忽然就悄悄地溢出了眼眶。童年的记忆就像被水浸泡过的旧片,所有的往事都已影影绰绰记不分明了,但这一个小小的细节却被我如此真切地留存在记忆里。我不知道这样的细节是不是一个暗喻:我们终究会离开!——离开父亲母亲,离开村庄,离开从前。

那时候我还无法破译这个暗喻,多年后回过头来看才终于知道,我们无时无刻不在远离,这是我们无法逃脱的宿命,也是人生必然的轨迹。在那一刻,我透过列车车窗,看到一晃而过的铁道线旁,站着一个背着青色帆布书包的孩子,我似乎看到在他的眼里,有羡慕,有渴望,也有迷惘。恍惚间,我竟无法分辨,那站着的,究竟是不是我自己?

中专毕业之后,我又回到家乡这个小城。要不要回来,当时对我来说是一个问题。然而最终促使我下了决心的,却是内心里一个隐秘的小小想法。我忽然想到,如果留在远方,留在离家离父亲母亲很远很远的地方,那么每年,我不都得坐上很久很久的火车才能回家过年？那是多么不方便啊。于是我就回来了。然而尽管回来了，在刚刚安定下来的头两年，却常常又梦想着要一个人到很远的地方去走走……

呵，人啊，总像是坐在一个无法平衡的跷跷板上，当这端沉沉的生活落实了之后，那端轻盈的梦想就蠢蠢欲动地翘了起来。

穿透时间的情爱

那天在酒桌上吃饭,大家聊天时,说起席间的老杜年轻时,给爱人写了许多情书。当年,他在乡下教书,喜爱的姑娘在另一个乡下教书,他就天天给她写信。学校简陋的办公室外边,有一棵板栗树,写信的时候,他只要一抬头就能看到那棵树。她收到的信中,常常是这样的开头:

"窗外的板栗树,叶子又绿了……"

"板栗树开始飘起了落叶……"

老杜的妻子,当年的姑娘,也坐在席间,脸上一直挂着平和而幸福的笑。

这不禁让我想起了王小波。

1977年,王小波还是个街道工厂的工人,大学毕业的李银河在《光明日报》社做编辑,两人第一次单独见面,王小波就单刀直入地问:"你有朋友没有?""你看我怎么样?"李银河被他的率情率性所震惊。此后,两人就开始了通信和交往。

"你好哇,李银河……"王小波总是这样开头,这样的称呼,是轻声的呼唤,有着孩子一般的对爱的渴望与无助。

"假如你愿意,你就恋爱吧,爱我。……恋爱要结婚就结婚,不要结婚就再恋爱……"

王小波把信写在五线谱上,"做梦也想不到我会把信写在五线谱上吧。五线谱是偶然来的,你也是偶然来的。不过我给你的信值得写在五线谱里呢。但愿我和你,是一支唱不完的歌。"

情书,是一种私人文字,原本它的读者只有一个,因之它字里行间流露出来的,一定是作者至情至真的心胸。读着王小波写给李银河的那些陈年旧信,我总是在赞叹和感动,赞叹的是,他竟可以那样坦荡地表达他的爱。感动的是,那些诗意美好的文字,可以穿透20多年的时间封尘,来到我们面前!

在最初爱恋李银河又见不到她的日子里,王小波一日三秋,"自己就难过得像旗杆上吊死的猫","恨不得一天49个小时和你在一起!""告诉你,一想到你,我这张丑脸上就泛笑……""我和你好像两个小孩子,围着一个神秘的果酱罐,一点一点地尝它,看看里面有多少甜。"这些字里,沸腾着孩子般的纯真顽皮忧伤稚气和无助,那种对爱人的依恋几乎就要溢出来……

现在,还有谁在用笔写情书? 想想吧,白纸,钢笔,一笔一划,饱含情意的字句倾泻在笔端,然后塞进绿色邮箱;收信的一方,听到邮递员清脆的自行车铃声渐渐近了,心跳加速,收信后迫不及待地打开……

想想吧,这种朴素的爱情离我们有多远了,我们还能追上它吗?

西湖边的情人们

对于西湖来说,冬天是一位远道而来的客人,立冬是提前打来的电话——对方说,他走在路上。

荷叶是年迈的老者,在水里站了太久,这会儿就要歇歇脚了,它们弯下了腰,被时间染黄的面孔轻抚秋水,静静地看着时光继续流走。

这时节,西湖边的情人们,是最耐看的风景。

一对情侣坐在长椅上,她把头靠在他的肩上,他们的身边摆着一大捧鲜花。这样的场景是有些儿故事的,耐人寻味——是一场求婚刚刚结束,还是一段暗恋得以表白?是一个特别日子里精心策划的纪念,还是某个平常时光中,随心而起的快乐?

在西湖边,任何这样的场景都不会显得突兀。西湖就是一座爱情的湖,无数缠绵悱恻的爱情在从古到今的湖边上演,就像一幕幕戏剧的片断。

有一对头发花白的老伴坐在长椅上,老头戴着眼镜,举着一张报纸在读。老太侧转个身,把后背留给先生,自己趴在椅背上无所事事地看着来去的游人。我在一旁观察了许久,有半个小时他俩甚至没有说一句话。

话早就说完了吧?

从居住的老房子,相约走到白堤上去坐坐,两个人走了半天,坐了半天,又走半天的路回家去——都没有说话,默默无言,这是时间打磨出来的心有灵犀吧。

西湖边,每一对情人,都有各自表情。那些走路时粘在一起靠在一起的,那些一前一后若即若离的,那些相对而坐笑谈甚欢的,那些并排而行牵着孩子的,无一不马上暴露了他们的爱情状态。

至于一些细节,也颇可阅读。比如手的位置,有人重重地勾搭在情人的肩上,有人自然垂落却松松地拖着对方的手,有的相互绕过对方后腰,搁置在对方身体另一侧的胯上,也有的,旁若无人,兴之所至地把一只大手盖在女人的腰上,张开的手指试图尽量多地覆盖版图。

这真的很有趣。

我还看到一对,各自挎着一只皮包,不远不近地边走边聊,后来两个人在一棵树边停下脚步,紧紧地倚靠在一起。从他们带着的皮包上,我可以大胆猜测,他们并不是直接和特意到湖边来散步的,只是这美景,不容分说地把人往脉脉含情的路子里带,越走,就越柔情似水了。

不合时宜的是,有一具硕大的相机出现在面前,把他们吓了一跳,像两只受了惊吓的兔子一样马上分开了。其实,那摄影师或许只是想拍一张湖边的风光,镜头也并非指向他们,然而一时的失措,让人不由地添了些许尴尬出来。

其实在湖边,每个人手上都有相机和照相手机,谁也难保一不小心就被摄在了别人的镜头里。想到这一层,许多情人走在湖边,或许也不得不保持着若即若离不远不近的距离了。

倒也是——景区的爱情,本来是适宜张扬的,而那些隐秘与暧昧,留与高大的楼宇与密闭的车辆中,多少才相得益彰。

在火车上

有段时间,我经常坐短途火车。两个小时的动车,看两叠报纸,翻几页书,就把时光打发掉了。甚至我都觉得,在火车上的时光,是我感到最舒服最无所事事的时光。

有时候我就会把相机拿出来玩。相机的魅力在于,它就好像是一个玩具,你东瞧瞧西瞧瞧,很可能就会有一个有趣的瞬间被凝固下来。

开始我想拍一系列这样的照片,就是跟每一次我不同的邻座合影。我们的邻座,平常可能我们都不会注意到他(她),但正是这些人是我们行走人生的见证人,就像在履历表里填每一段经历的时候,都有个"证明人"一样。你坐过超级颠簸的拖拉机,乘过晃晃悠悠的牛车,搭过浮浮沉沉的木排,挤过破破烂烂的中巴,你身边都会有一个邻座,如果你没有照片为证,甚至事过境迁以后你直视照片上的自己和那个人,你都会不相信自己曾与那个人如此亲密地靠在一起。这就是人生的奇怪之处——当你经过 20 年以后,你把这些路途上的时光拼接起来,你会觉得惊讶——原来我的人生是这样走过来的!

请原谅,我用这么长的篇幅来描述这个专题,甚至我都能触摸到那些照片的质感和张力了,但依然很遗憾的是我没有把这件事坚持下来,原因种种,其中一个原因是一次我无法让身边的一位美女相信我是个摄影师,她认为光是长头发根本不足以证明这件事,长头发的流氓就有很多。另外一个原因是,我无法让自己的手臂伸得足够长,在复杂的光线环境下为自己拍合影,而且是盲拍,试了多次有时跑焦,有时位置不够……所以我很快被打败了。在这里我又想到了我们身边的榜样,那永不言败、永不放弃的大师。我感到我距离大师还远远不止一个"大"字那么远。

不过,以后我还是会拍我和邻座的,那是一件好玩的事,不是吗?

火车上好玩的事情还是挺多,我并没有去寻找,我想如果去寻找的话,你从车头走到车尾,就能把一张存储卡装满了。我只是随便地拍下我身边的人,有时是一个人,有时是两个。一个在睡觉,另一个也在睡觉。

春天的时候,有位在外打工的女人坐火车回家,她跟我聊了会儿天,然后就枕着窗玻璃睡着了,过道里卖快餐的推车吆喝着经过,也没能把她吵醒。看起来她有点累,睡得很香,火车经过农田和村庄,外面是一片灿烂的油菜花,于是我拍下它。

前排有一位兄弟把头埋在自己的手背上,我不知道他为什么难过。一路上他都没有说话,偶尔叹气。或许他并没有难过,也没有叹气,这一切只是我误错,那么最好是这样。谁的生活不常埋伏着一些烦恼呢,就像一个小站,火车只是在那儿停留一下,就很快开走了。

还有一次我的邻座是母女三人。动车上的座位,还算宽松,但是两个人的地方挤进四个人,还是显得拥挤了一些。我给她们让出些空间,那位母亲对我笑笑,以示歉意和感激。我就和她聊天,以示不必客气。她是江西人,先后生了4个女孩,最大的十二岁,最小的六个月,正是抱在手上的这个。她一直想生个儿子,一直未能如愿。此次回老家去是为了给其中一个女儿落户口,顺便缴纳超生的罚款。如果落不了户口,孩子读书将会是大问题。为了生儿子,她已经和丈夫一起在外面打工好些年没有回过家了。

母女开始吃午餐,一份炒面条,一份快餐,其中还有一块大排。我觉得伙食还不错。她说,这是从下面带上车的,车上的快餐贵死了。五岁的女儿开始吃饭,她自己也吃了几口面条,这时候,六个月的女儿也哭着要吃奶了,一时间她有些手忙脚乱。

爱情拼图

树叶一样稠密的日子一天天重复,柴米油盐的琐碎时间长了就搅得人心烦。结婚两年多了,他们之间小小的不愉快偶尔也有,吵得这么凶却还是第一次。其实也不是什么大不了的事,也说不出谁对谁错,倒是像电线的短路,正说着话的时间里二人就使上了性子,谁也不想让谁。终于女人的眼泪就下来了,"嘭"的一声摔了茶杯躲到房里哭去了。男人"啪"的关上电视,用力撕开一包烟坐在沙发里狠命地抽。

女人伏在被上抽噎了半天,见男人丝毫没有让步的意思,便愈加窝了一肚火,心说:"好哇,还是你对?!"心一狠,便觉得这日子是没法过了,开了衣橱,翻出一些衣服便往包里塞。

男人原本也想硬上一回,决不先屈服:"凭什么总是我错?这回明明是你无理么!"扭头却看见房内女人的作势像是要离家出走。男人这里抽了根烟,气渐消去,心胸又阔了许多,想到从来吵架,不管有理无理,哪一回不是自己低头认的错?心里便狠狠嘟哝了一声:"哼!女人!"人却站了起来迈进房间去,一边跟自己说:"谁叫自己是男人!"一边伸手去按住女人乱翻衣橱的手。

女人见男人终于屈软,愈加得势,便用了劲地折腾衣橱,双手乱舞,衣袜纷飞,泪又无声地溢上脸庞。男人也用了劲了,又是抓女人的手又是抱女人的身。拉拉扯扯间,谁都无话,却在较劲。忽然间,"哗啦——",衣橱内一个纸盒摔落到地上,花花绿绿的小图片撒了一地。

二人目光一直。是一盒拼图。恋爱时节排遣光阴的游戏。那时候他们无钱,也无好的消闲活动,又不爱上歌厅舞厅,便玩起了这种儿童游戏。有一次二人用了七个晚上拼成了一幅极复杂的图案,成功时他们快乐激动得紧紧相拥。几百片碎碎的图片,每一片都妥妥帖帖地寻到了自己的位置。天衣无缝。拼图游戏是他们二人爱情的秘密。一点一滴,用心地拼,用心地合作。埋头抬头间,目光流转间,就拼成了他们的爱情与婚姻。

碎碎的图片撒了一地。默默地,二人几乎同时蹲下身去……

那一夜,男人女人便相拥着在灯下拼图。似乎很久了,他们忽略了拼图游戏这种质朴的交流和快乐——手指与手指的轻触,目光与目光的交织。二人仿佛又回到了恋爱时光。这美丽的拼图,一小片一小片,每一片上面都有"爱情"二字。一小片一小片,每一片都要用心去拼。一小片一小片,将琐碎而平凡的生活碎片拼成完美的婚姻……

聆听风的足音

风

在平庸的日子里,有时忽然会听见一串乐句,像一阵若有若无的缥缥缈缈的风,在哪里摇动了一株异样的树枝。

心就一惊。听见一粒细碎的石子不经意地落入水中,震颤一波一波地在心间扩散开来,是那种怦然心动的感觉——仿佛一个娉婷美丽的姑娘擦肩而过,擦肩而过时她用眼睛的余光望了你一眼。如果用心电图监测,与她的目光邂逅对接的一瞬间,你心脏的电流曲线窜上了一个异常的高峰。

然后就怔住了。这一种声音像风从身体里流过,新鲜陌生而又似曾相识。你无法用任何一个词语来准确地概括这种感觉,如此柔韧的力量直达你的内心深处……

在你发怔的同时它又像风一样很快地消失了,你无法握住它的手掌。擦肩而过的姑娘,你还不知道她的芳名,就在人群中隐去。这个声音,你还没听下它的词,也没记下它的旋律,甚至连滋味和感觉都没确切地留下,它就消散了,你无法握住它的手掌,就像擦肩而过的姑娘一样。无影无踪,无处追寻,徒留惆怅,以及漫长甚或无绝期的祈盼和等待。

谁能告诉我在同样平庸的某一天与一串美丽的声音相遇是不是一种缘分?是注定还是巧合……你用言语表达不清。你只是渴望。你倾听这世界风的声音,风吹过草原,风穿过竹节,风掠过翅膀,风在天地间徜徉。

旧日的时光水一般漫上来……而我们,坐在被风摇动的枝头聆听。我们在期待什么?

埙

埙。多年前我们看过它。那时我们还很年轻,来自五湖四海的所有人都单纯可爱得一塌糊涂。在美丽的西子湖畔歌唱或者忧伤,留下我们多少一闪即逝的身影……那次我们在宋城玩。然后便看到了它。

一间古旧的木房门槛前,一个老人鼓了腮帮子双手捧了个东西在嘴边吹,吹出的声音拙朴而幽深。走过去看,那东西形似小小的茶壶,不过无壶嘴。我们问这是什么。老人说,这叫埙,古时土烧的一种乐器,像吹笛那样吹。同行的一个女孩便从盘里拿了只来吹,费尽吃奶的力憋红了脸也没有吹出声音来。我们便快乐地笑起来。

仅此一面之缘,谁知道在多年以后我竟会常常想起它来,想象它古朴的声音在静夜里飘,仿佛被风从遥远的从前捎来,让人无端地怀念些什么。

那个曾经吹埙的女孩如今远在天边,而我只能在梦里偶尔见到她。也是真的,那时候我们都太年少了——我们怎么能够听得懂埙呢,听得懂埙的古老沧桑?

有一次,在铁达尼号的背景音乐里听到爱尔兰风笛时,一下子想到了埙。埙低沉,风笛悠远,但二者却何其相似——忧郁而感伤,美得叫人心痛。还有一次偶尔在电台里听到一段来自印第安部落的声音,透过声音仿佛可以感觉到远古的荒原里那树叶草蔓间的绿意和虫鸣,像树梢上星星在眨眼。

这些声音,只听一次就叫人再难忘记。

时空像一条漫长的走廊,风吹起来。我们坐在这头,听到风穿过走廊的遥远的声音。静静坐着,怀念并且感动……埙,风笛声和那种我叫不出名的乐器,它们也是一种走廊,时间和空间从中穿过,永恒的美都留了下来。

盒带

抽屉中整整齐齐地码着盒带。一排两排地叠起来,琳琅满目。手指拂过它们琴键般的脊背,心灵便获得跳跃和舒展。逝去的日子纷纷复活,如草原上野马群般卷土重来……

打开 Walkman(这学生时代残留的影子!)的仓门,卡入一盒经年未听的老磁带,按下键。磁带开始沙沙绕转,磁带机特有的质感从音箱里传递出来。这时候一道夕阳幽远地从窗外斜照进来,让人疑心是否是多年前的那道夕阳。歌声悠扬地飘,弥漫了整个房间。于是闭上眼睛,思绪便飘回到从前。

我认为最适宜怀旧的是那种老式唱机,塑质唱片夸张地大,纹理因为唱针过多的探索而显得粗糙。唱盘开始转动,扬声器里传出的是旧时上海滩的老歌。可现在我们几乎已见不到这种珍贵的奢侈物了,它早像那从前的岁月一样被时光尘封在底层。

这样想时我的目光抚及满抽屉珍藏的磁带,不禁有一丝怅然——迟早有一天,它们,这些记刻着我的心情、快乐和忧伤的见证物,也会被时间这只手轻而易举地篡改。它们磁性脱落,放入卡座后传达不出任何声音——然而这有什么办法呢,我们的记忆也是一盒迟早会脱落磁性的磁带,许多当初刻骨铭心的东西,某一天悄无声息地就会从记忆中遗失。

是谁这么说过:"这么早就开始怀旧了……"我知道我们每天都会有一轮崭新的太阳从东方升起,但总有一些东西是陪伴着我们整个成长过程的,成为生命中细微的经典,值得珍藏于心。相信时间那个公正的法官吧,他会让那些永恒的声音在蔚蓝的星空里飘起。而你呢,随便你遗忘还是记起。

萨克斯

是深秋里很平凡的一个傍晚,雨下个不停。城市的街灯已经陆陆续续如花绽放,街道上花花绿绿的雨伞都在匆匆赶路——我知道他们就像鸟,不远处有巢。

思念是一种藤类植物,生长疯狂。

我在街道上徘徊四顾:家远在天边遥不可及,而周围没有一张熟识的面孔。在那个城市,我只有租来的一间小屋……

我漫无目的地走,一串乐曲就隐隐约约闯入耳中——萨克斯,《回家》。其实我早就听过它,可没有哪次像这样打动我。悠扬而忧郁的声音在下雨的黄昏多么具有穿透力!而回家的召唤就像母亲温柔的手。

我就那样走进那间音像店中,小小的店面洁净雅致。只有一个姑娘。我说,是《回家》引我来的。姑娘微笑了说,只要下雨,她就放这支歌。

我在从前的一篇文章中这样说过:"在某一天忽然与一串声音相遇是不是一种缘份?是注定还是巧合……"我不知道。尽管情绪无端,但感动却常常如影随形。

后来我就回了家。偶尔在下雨的夜里也拿出手边的萨克斯来听,也每次都会被它所营造的感伤氛围包裹和感动,却再也听不到多年前那个黄昏的东西——我知道,这里面隐含了一种很微妙的反比关系呢。

实际上很多事物都是这样,拥有不觉得,而一旦丢失,才知珍贵和刻骨铭心。家的感觉只有游子方能真正体会。爱情,失恋时才咀嚼得出滋味。

此间距离可被称作:落差。

朱哲琴

这是一张可被称作"经典"的唱片。不是因为几年来它的销量创下了天文纪录,而是音乐本身——这是一种纯净的声音。这种声音,每一次倾听,都会让你久久感动,余音袅袅。

在习惯了摇滚朋克重金属地震山摇的磨砺之后,我们的耳朵是否经得起温柔的抚摸?就像独行天下的怪侠仗剑横扫江湖后,难免不为柔情所感而归隐桃源——超脱凡尘之后离天堂就近了一些。《阿姐鼓》里,朱哲琴用她近乎透明的嗓音向你讲述那些神秘的事物——爱情、宗教、雪域、手鼓……

在我看来,西藏是离神最近的地方。朱哲琴的声音清丽绝俗,闪烁着钻石般的光泽。歌词同样充满浓郁的宗教气氛,朴素而神秘,感伤却熠熠生辉。背景和声里空谷来风,羚羊敏捷地跃过山岗,而人在水中,手鼓在空中若隐若现,雪花开始飘洒……

一切就如在诗中。这来自天堂的声音,洋溢着诗经般的情愫——我以为,一首值得反复聆听的好歌,它绝对该闪烁着诗的光辉的,也因之才可以被称作音乐。

在这个充斥着繁闹喧嚣的尘世间,恐怕谁都难得有真正沉静下来的一刻。现实生活正以奔腾的速度催赶世人奔波的脚步,我们的身体都活得很累。但我们的灵魂渴求栖息的树枝。我的一位弟兄在给我的信中说,他已经习惯了在旅途中听着《阿姐鼓》入睡。不可思议,这是个和我有着同好的弟兄——我们当年上下铺时共同爱上了隔壁班那位长发飘飘的女孩。如今我们天各一方,但我们仍有着同样默契的感受!

当然,能被我们当作天籁和摇篮曲来听的东西,真的不多。

罗大佑

80年代后期我在我们那偏僻的山村小学调皮捣蛋,偶尔嘴里也哼哼唧唧一两句别人嘴边遗落的所谓"歌曲"。有一天见到高年级的大哥大姐们传抄一支很长的歌:"池塘边榕树上知了在声声叫着夏天……为什么太阳总下到山的那一边",还有什么"有没有抢到那把宝剑……等待着下课等待着游戏等待长大的童年",却被我嗤之以鼻不屑一顾:"这完全是顺口溜打油诗!"

好多年以后这支歌仍常被中学生们挂在嘴边,好多年以后当我坐着静静听罗大佑的这支《童年》时,才听出在旋律优美歌词朴素的背后隐藏着罗大佑式淡淡的忧伤。

这年头仍然喜欢罗大佑的人大约不多了罢?我也只是在十来年时间里断断续续地听到《你的样子》《光阴的故事》《恋曲

1980》《恋曲 1990》《恋曲 2000》《闪亮的日子》等,被它们持续却执著地感动着。流年似水,罗大佑和他那感伤的浅吟低唱在岁月中熠熠闪亮,时光的流逝令它们历久弥新愈加动人。罗大佑的才华让一般歌手一辈子望尘莫及,他们的歌听过三遍即觉其俗,而罗大佑听上五年十年仍优美动人。

"远攀入云层里的喜马拉雅,回首投身浪影浮沉的海峡……等过了千年终于见你到达,等到青春终于也见了白发,倘若能摸抚你的双手面颊,此生终也不算虚假……"熄了灯,听这支《恋曲2000》,心都湿湿的。

暖场歌手

说实话,我对唱歌不很在行。尽管有不少人在我 QQ 好友印象里评价——"人见人爱,花见花开,汽车见了会爆胎""歌神"……但是我以为,前者尚算中肯,后者就有夸张的成分。为此正如奥巴马获诺贝尔和平奖一样,惭愧。

我进入演艺圈的历史并不算悠久,甚至可以说很晚。早些时候——大约是十几年前,杭州城里的豪华建筑物上出现 KTV 字样,我还以为是配乐诗朗诵或者文艺青年沙龙之类的事(谁知道这是从哪里来的狗屁印象)。这直接导致了我误以为全国人民都是文青。

多年以后,我才晓得,那不就是唱歌嘛。我唱歌,最好的状态是在浴室,尤其是大约在冬季的学校淋浴房,我高亢嘹亮的嗓音足以穿透四层厚墙抵达女生宿舍楼,攀上云霄。第二好的状态是在无人的旷野,像陕北老乡那样扯出几嗓子情色迷迷的信天游。但是一进入灯红酒绿的包房,我就找不到北,找不到音调的北。例如有一次,同志们都唱了歌,就我一直没开尊口,同志们都十分过意不去,劝我亮一嗓子。再不唱,同志们会以为我像个领导,只好唱一个,是英文歌。当时的情景,十分骇人,在座的人立刻安静了下来,一根针掉在地上,那当然是听不见的。后来,座中有位我心爱的姑娘——就离我而去了。

当然我认为世上事情都是可以学习的,尤其是唱歌这种技术活。进多了K歌场所,渐渐找到些感觉,再后来,我就越来越内行,越来越受欢迎,同事朋友谁去唱歌都会记得叫上我。每当有什么重要的K歌机会,他们第一想到我。如果我不在,他们就会打上无数个电话,直到把我从这城市的某个角落揪出来。

"快来吧,我们在唱歌。"

我说不来。我衣服都脱了,准备洗洗睡。

"不行。没你,这歌唱不成了。"

得,我披衣起床,披星戴月,赶赴重要场合。

我见过很多人唱歌,有一位先生兼领导,最让我印象深刻。他唱出的歌词一字不差,但是不像普通话,也不像广东话。每句歌词的第一个字,吐字最重,像是那个音符上面加了两个重音符,然后音调一路走低,越来越低,越来越低,一直低到尘埃里去,只有出气没有进气,唱得天涯人断肠。有一次大伙一起唱歌,先生兼领导兼麦霸在唱,有人刚去完洗手间闯进来,一听就兴奋异常直鼓掌:"没想到领导还会唱京剧!"

其实领导是在唱一曲东风破的《甜蜜蜜》。

听了这位先生兼领导的歌声,我立刻显得信心满满,抢着话筒唱歌。可想而知,后来整个包房里的气氛都异常热烈,大伙儿哭着喊着抢话筒,掀起了一波又一波高潮。

是的,当所有人唱到软绵绵软不拉叽兴味全无的时候,只要我献上一曲,他们立刻就会像打了一针鸡血一样兴奋起来,好像我唱歌的样子就是一部励志片。

后来,他们都把我封为"著名暖场歌手"。我十分珍惜这来之不易的光荣称号。

雁渡寒潭

人的年龄不大,却常发出光阴似箭的感叹。眨眼之间,一天就流逝了,一周就过去了,一月也没有了,一年也只余尾巴了。看节气,9月23日是"秋分",秋季已被平分,紧接着一个长假,一年也就忙到头了。

忙!身不由己呀。

气候却是宜人的。秋意高远,凉风习习,"白露秋分夜,一夜冷一夜",夜里覆一层薄毯,便能睡得很舒适。常是凌晨上床,一觉到天亮,睡眠质量是一年当中最好的——然而不爽的是胃常小恙,时感不适。

与精神病医院的副院长是朋友,一日去看他,闲聊时提起胃。他说,胃是一个有情绪的朋友,许多人不知,人的精神焦虑紧张是最易引发胃病的,日复一日的焦虑常致胃里溃疡,茶饭不思,肝脾不调。这才恍然大悟,是自己把弦绷得太紧了。本来,我这样一介小百姓,是没有资本来说什么忙的——既没有挣大钱,也没有当大官,你好意思说自己忙吗?! 但是,想一想,确实忙得庸庸碌碌,如一只无头苍蝇胡乱地飞,就把时间吞噬了。

慢下来呀。

抬头看看高远的秋天,想着"秋分"这个节气。与农事疏离的日子,"没有人会留意,这个城市的秋天"(许巍《我的秋天》),我也是,只在翻开日历的一点时间里重温这些节气名词。秋分,这时候大雁该向南飞了,极目远眺,在天空里寻找秋天的雁阵。遗憾的是,这样诗意的雁阵,大约很少从高楼林立的上空飞过的吧?还是只有秋天高高的稻草垛,才是它们的地标?

以前读《菜根谭》之类的书,几乎是左眼进右眼出。现在翻到一节,却忍不住多读两遍,想把它抄录下来,贴在电脑显示器旁——

此身常放在闲处,荣辱得失,谁能差遣我?

此心常放在静中,是非利害,谁能瞒昧我?

风来疏竹,风过而竹不留声;雁渡寒潭,雁去而潭不留影。

君子事来而心始现,事去而心随空。

天地有万古,此身不再得;人生只百年,此日最易过。

其中见了"雁渡寒潭"的句子,觉得好;想起黄舒骏曾有一个流行歌曲,也是这个名,找出来听了,觉得吵。还是听昆曲好,周小璇唱的《牡丹亭》片断"原来姹紫嫣红开遍",只喜欢这声声慢慢的节奏,简直可以收到缓解胃病的功效。

一扭头,一株牵牛花,在窗台上开得正好。擎了两朵蓝色的小喇叭,迎风摇曳。它的藤上的叶,都已经枯黄了。茎头上的叶,却依然绿得鲜亮。

你看,我也落魄

大学刚毕业的一段时间,我在城市某电台做导播。节目是午夜的,从12点到2点。在城市的夜,总有许多人无法入睡。许多人,在清寂的夜海深处,把苦痛的伤口静静地舔;也有许多人,喝酒,跳舞,试图把悲伤忘却;还有人,找一只耳朵,倾诉。

我们的节目应此而生。每晚,总有四五七八人打来电话,诉说他们的失恋,困惑,世界对他们的不公,上司的偏心,同僚的奸诈,生意的潦倒……他们的苦难接二连三,无处可申!

主持人是个男性,30多岁的样子。隔着玻璃,我看到他在接听这些电话的时候,常常不太说话,似乎,有时他忘了自己的主持人身份。他只是在静静地听。耳机中,只传来听众一人的消沉极了的声音。有时,主持人就"嗯""啊"一声,仿佛只为了表明他在听。

有一次却相反。主持人在接一个电话的时候,终于说起自己的故事。他说,我出身农家,父母没有背景,大学没有考进好学校,恋爱,谈了四五个都吹了。现在,你听我在电台里,透过电波解答听众朋友的烦恼,其实,我的生活也很落魄呀,我也许多不如意!半个月前,我就被一个好朋友狠狠地坑了一次……

最后,倒是那听众,原先凄凄惨惨的样子,反过来用自信的声音和一些名人励志的话语,来安慰主持人。我在外间,听得是目瞪口呆。这主持人,是正宗的城里人,名牌大学高材生,谈的女朋友漂亮如花,已在准备婚礼,而好友坑他一事,听都没听说过!

下了节目后,他只笑。见我疑惑的眼神,终于他说,有时候,对失意和落魄,最好的药不是安慰和鼓励,而是,陪他一起失意和落魄!在落难的路上,有一样潦倒的人作伴,这路就不孤单了,反而惺惺相惜。困厄与困厄打个平手,或许就生出几许豪情来,也就阳光灿烂了。

当局者迷,旁观者清。人陷入困境,有时就无法辨明自己的长处了,只知在泥淖中颓唐。给他一个倒影,有了一个可比的参照之后,让他看到自己,局势反而明了,并不如想像的那般糟糕了。

去救一个绝望的人,绝不是给他讲道理有用的,倒不如,让他看看人家的绝望。看见有人在哭,不用去安慰他,让他哭罢!他如果诉说苦痛,你就把你更大的苦痛告诉他。

最大的力量,不是别人赋予,而是,从自己心中生长。

一天收获几斤快乐

祝福的话语,最能体现出人们对生活的理解,和对美好未来的向往,当然其中想要达成的愿望,大多是人们目前尚缺的。翻阅节日期间收到的无数祝福,发现其中"快乐"二字出现的频率最高。这是不是可以说,快乐也和石油、水一样,越来越成为稀缺资源之一了呢?

去年,我是在乡下过年的,除蜘蛛网之外无"网"可上,也没有相约吃饭娱乐的骚扰电话,以为一定会枯燥乏味得很。然而几天下来,却是发现,自己实在是与那种清闲的乡野日子很相宜。晨昏之间,看见蒙蒙雨雾中,白色的山岚萦绕在青山之尖;粒粒晶莹的水珠摇摇欲坠地挂在桃枝,而那枝头,嫩芽就要破壁而出;打湿了翅膀的山雀栖在橘叶间,三只鸭子排成一行从池塘这头划向另一头,上岸后抖去身上雨水,摇摇摆摆地回家。这一些细碎的自然景致,真是饶有趣味,我有很长时间,没有这样地看过这些小事物了。我想在很长时间里忽略了的,一定不只是这些。

看一本书,见一个画家说,他到四处去游玩,并不急着画,回来之后过了数月数年,将那忘不了的东西画下来,是真正的美。我现在想起从前的快乐,记忆的画笔涂抹最用力的,似乎多是一些小事,比如和小伙伴摔三角纸包玩到满身是汗,比如收到10多元的稿费买一点肉和家人共享,以及在冬日的休息日上午,猫在被窝里看闲书。至今想起来那种愉快都是令人向往。

　　照理说,这些小快乐是并不难以实现的,缘何我们还要在祝福时,当作一件隆重的事情来祈愿呢。人生该是有多少的大事业,等着每个人去为之奋斗!那才是大快乐啊。是不是越来越多的人们,在朝着"大快乐"埋头苦奔,将那些小小的不起眼的快乐都丢掉了呢。

　　有一次和朋友聊天,一个人说,其实人的生活质量怎样,就看每一天过得怎样,一天下来,除了干了多少事业、挣了几元人民币之外,最重要的一个指标,是看你这一天收获了几斤快乐。

　　一天收获几斤快乐!这真是一个和农民种田一样朴素的生活观点。日理万机忙得焦头烂额忙得忘了自己姓甚名谁,即使他日进斗金——他一天收获的快乐,不见得会比一个下岗后在街头摆摊修自行车的人收获更多的快乐。而一个神游书海或沉迷研究的人,他一天收获的快乐,又岂会一定比日日周旋于灯红酒绿纸醉金迷场所的大款少吗?

　　每个人都在说,祝你快乐,祝你快乐。快乐也是人生重要的终极目标之一吧,能不能真的快乐,要看你是否有一件接收快乐的容器。每一天过下来,将收获到的快乐大小兼收,放在心的天平上称一称,你就会知道,你的这一天,过的不比别人差。

吃 苦

苦吃得少,感受幸福的能力就弱。

在赣南山区行走,某日晚饭桌上,东道主端上一盘菜,名曰"幸福菜"。我等睁大了眼睛细瞧,发现不过是一盘普通的小炒野笋。嫩绿油黄,清秀可人,堆叠在青花瓷盘里,叫人看了心生欢喜。野笋这物儿,我老家的茶山上就有,春雨淅沥地下过几场,孩子们结伴上山,吸引他们的有两样,一样是山上到处有鲜美的野莓果,第二样,那根根白胖的野笋从黄泥下边冒出来,拔笋是件富有趣味的事。野笋清炒,或用刀背敲碎了煮汤,都很鲜美,与野蘑菇有得一比。

然而这一道菜,为啥叫"幸福菜"呢?东道主笑而不言,请君品尝。一尝之下,发现果然有异:苦,真苦。这才知道,这野笋不是一般的笋了。

我们行走之地,是当年红军长征走过的地方。广东与江西的分水岭上,有一条千年古驿道,道旁遍种梅树,我们去时正值五月,无缘得见满山梅开如雪之盛景,只见枝头绿叶间挂满青梅。暗自以为煮酒论英雄的便是这种青梅,于是偷采两颗揣于兜中。这道岭,是中原文化与蛮族部落两种不同文化区域的分界线,也是一条南方丝绸之路,把富庶的南粤与政治文化中心的中原紧紧联在一起。"一骑红尘妃子笑",送新鲜荔枝的快马驰过,得得蹄声还在这长满青草的驿道石缝间流传。

这个古驿道,还因了陈毅的《梅岭三章》闻名。1936年冬,陈毅率兵在梅岭逶迤数百里的山中打游击,一次遇敌追捕搜山,他便隐身于一山洞中。眼见得大火烧至眼前,陈毅决然写下气壮山河的壮丽诗篇:

断头今日意如何?创业艰难百战多。此去泉台招旧部,旌旗十万斩阎罗……

面对一盘"幸福菜",我们听东道主讲故事,而后举箸食之,才发现这是一道"主旋律菜"。舌上先是清苦,嚼咽之后,回口爽甜,吃的过程实就是接受一次爱国主义教育的课程。

纵连"药"也越来越不苦的如今,人们吃"苦"的机会是越见珍贵了。带苦之物,多有清凉解毒、开胃消滞、清肝明目、利尿降脂等效果。吃着苦笋,众人便大发感慨,继而讨论得出一项结论,留待社会学家与营养学家验证:时下世情浮躁,大约与人们多进食甜腻、不喜吃苦,而致性情暴躁易怒有着亿分之一的关联度。

苦瓜我是喜欢吃的。虽住在城内,但倘若给我一缸土,我愿意在楼顶露台种上一株两株苦瓜。苦瓜面目长得有个性,是可以入文人小品画的。即便想法再市井一些,便是可以随手摘来,凉拌或清炒了,那夜便似乎不再躁热难熬了。

六　渐行渐远的村庄

舌尖上的春天

在都市高楼的格子间和拥堵的汽车长龙里,是感知不到春天悄然来临的,只有街头公园里的一棵两棵桃树,孤单单地传递春暖花开的消息。而这样的时候,若不能径自奔去乡间,便只宜闭了眼睛,听着舒缓的口琴音乐,怀想江南故乡的春天味道了,于是那丝丝缕缕,会在舌尖上弥漫开来……

春天的味道,是韭菜的诗意。从前读杜甫的诗《赠卫八处士》,诗中有一句说:"夜雨剪春韭"。雨不大,只是些细如琴弦的雨丝。正在灯下,傍着檐上雨点慢敲的韵律读经书呢,忽闻柴门轻叩,友人来也。于是披上蓑戴上笠,到家后的小菜地里割几把头刀韭菜回来,做个韭菜炒蛋,再煮块老腊肉,倒一小堆花生在桌上,搬出一坛自酿的黄酒,与来客把酒谈经叙旧,多么令人神往呀。

韭菜,最宜湿湿的春冷雨夜割的,天尚未光亮,这样的韭菜最是娇嫩,农人就有谚语说:"触露不掐葵,日中不剪韭",李时珍说:"叶高三寸便剪,剪忌日中"……是告诫人们,不宜在中午割韭菜。葱怕雨,韭怕晒。中午太阳把韭菜晒焉失水份,鲜味尽失。而一茬一茬割不尽的韭菜,是春天餐桌上最美的礼物,那正宗的绿意,甚至是连割韭的刀刃上也能流淌绿液。"韭早春先绿",这样鲜嫩的妙物清炒起来吃,是多么有春天的诗情与画意呀。

春天的味道,是荠菜的野趣。江南早春,空气甜濡濡的,暖风儿掠过,都带着些青涩的草木香气。在这样宁静的辰光里,适宜挎了小竹篮,在田间地头闲散地挖荠菜。这荠菜,是春天最好的野菜了吧,从古到今的文人墨客都对它念念不忘,《诗经》里就说"谁谓荼苦,其甘如荠"。而辛弃疾的一句诗:"城中桃李愁风雨,春在溪头荠菜花。"怕是更能引起今人共鸣罢,窝在城中,倒不如归去,哪怕只是柴门陋室,粗茶淡饭,也自有一分如荠的甘甜。

荠菜,是一年或两年生的草本植物,各地叫法不同,有叫枕头菜、地菜,也有叫鸡翼菜、菱角菜、雀雀菜。我家乡的人们把它叫做"工耶",读音如此,念在唇上就有一种野菜香了。荠菜的做法很多,最佳是做羹,其实这也是最简单的:在大海碗清亮的薯粉羹里,飘荡着片片碧青荠菜,悠悠然,十分有春天之感。

春天的味道,是小笋的蓬勃。漫山遍野的小野笋,从黄泥里拱出来,是胖乎乎、白嫩嫩的,而这时候该是仲春了。山花烂漫时节,赶上小笋旺年,撇开个头较大的麻壳笋不说,光是白壳的野竹笋也是拇指粗细。老家后山的那片黄泥地茶园里,不光有无数的野草莓可以吃,那里的小野笋也是最粗壮,味道也是最鲜美。童年时候,我常和邻家孩子一起,从这垄茶林钻入那垄茶林,只用小半天,便可以背个满满的大布袋而归了……

每年春天我都念叨着回去拔小野笋,都不能如愿。去年春天,母亲托人从老家给我带了一编织袋的小笋,让我激动了好多天。不能去山上拔笋,在家剥小笋也是过一过瘾的办法。从笋尖上揉搓几下,撕成两半,"势如剥笋"地剥开外衣,白嫩的笋肉便袒露出来。一看而知,我是剥小野笋的老手了。把笋肉切断,拍扁,放入雪菜同炒,一个字:鲜! 笋肉切小断,也拍扁,放半颗番茄一同煮汤,两个字:真鲜!

春天的味道,是思乡的味道。"日日思归饱蕨薇,春来荠菜勿忘归。"味蕾催醒了记忆,故乡便在脑海里愈发的可爱起来,于是在这样的细雨春夜,不免更加怀念老家的春天了。

艾香如故

艾是一种香草,更是一位村姑的名字。

油菜花开得汪洋肆意的清明时节,在乡下土路上走,暖风里都会有艾叶的清香。这时节,家家要做艾果来吃。将新鲜的野艾从田野里采来,用石灰水浸泡,下锅里煮,这需多长时间,我忘记问清母亲了;洗净后,和粳米一起捣烂磨浆;浆又下锅里慢火煮,水分挥发,越煮越稠,颜色也越煮越好看,变成纯粹的青;渐渐地,锅里就成了艾团;要不停翻动、捣开、搅匀,为防粘锅,在翻动的同时用一块猪皮在热锅上擦出油来……

上次回家,正好见母亲和堂姐在做着这些工作。我饶有兴趣,用相机拍了不少照片。艾团熟透了时,起锅,便用它直接包了馅儿来吃。包成饺状也有,用印花的木模子压成圆饼状也有。颜色是鲜绿的。包在艾果的菜馅,多是用新出的春笋、肉丁、雪菜、冬菜等炒熟了,包好时热乎乎的直接可食,辣得很,我是吃得头上直冒汗。

新鲜的艾叶,有一种特异的清香,煮熟了吃,也有一种家乡和田野的味道。嫩艾可吃,老艾便承担更为重要的职责。到端午的时候,乡人们把艾草整株地采来,和菖蒲一起插在门楣上。周作人有诗记此越地风俗:"蒲剑艾旗忙半日,分来香袋与香球,雄黄额上书王字,喜得人称老虎头。"说的是小孩子眼里的端午了。

小时我便知道,艾还是一种可治百病的香草。外公那时有这一手活儿,我常见他把晒干的陈年老艾叶放在粗掌里搓,搓成细细一根。点着一端,往身体某一穴位灸去。后来长大翻了医书才知,中医里面的针灸,这便是灸的一种。外公不曾从医,可见国人村夫野老,对中医也是略懂一二的。其实灸的历史是十分悠久,《庄子》中有"越人熏之以艾",《孟子》中也有"七年之病求三年之艾"的记载。

山坡野地里一种普通的草,在《本草纲目》里都是宝。这艾呢,它记着:"生则微苦太辛,熟则微辛太苦,生温熟热,纯阳也。可以取太阳真火,可以回垂绝元阳……灸之则透诸经而治百种病邪,起沉苛之人为康泰,其功亦大矣。老人丹田气弱,脐腹畏冷者,以熟艾入布袋兜其脐腹,妙不可言。寒湿脚气人亦宜以此夹入袜内。"世间物同一理,是草是宝,得看人家怎样地使用它。

我初中毕业学了医,后在数家医院学习和工作,据我了解,针灸的境遇是每况日下,在综合性的大医院里,中医科室总是落寞地缩于一隅。针灸犹是如此。灸呢,似乎已快在医院里消失了吧。暗想,莫不是人们怕灸痛在皮肤,人性化不够吧,或是人们对灸这一种医的形式不太相信吧,灸或者艾,在现代化都市的天空下举步维艰……

艾草无言,惟有香如故。

秋天，一窝番薯活蹦乱跳

霜降以前，收番薯。

板栗树摇落它枯黄的叶子，麻雀叽叽喳喳、烦躁不安地收藏冬天的食物，一只松鼠旁若无人，在番薯地边招摇地晃动大尾巴，毫无主见地行走。这时候，天空是高远的，阳光是透明的，人和松鼠一样都有些懒散。我歇下扁担和镢头，何妨让这只松鼠将它的表演进行到结束呢。

收番薯是富有惊喜感的劳动。它不像收稻谷，金黄黄一片，三亩土地的阵势就能把人吓唬住，挥汗如雨地劳作，一点一点考验人的耐性。也不像收橘子，把所有的收成都袒露在面前。番薯藏在泥土里，像土地的秘密，一镢头挖下去，一窝番薯活蹦乱跳地跑出来。就像玩一场捉迷藏或猜谜语的游戏，秘密被揭穿后总是有着说不尽的乐趣。

番薯藤已经老了，它们干瘪的样子是一条线索，顺藤摸瓜，就可以发现脚下的真相。如果那一小片土地已经隆起，干燥的泥地疏松开裂，吸吸鼻子都能闻到隐秘的气味——秋天就是这样一位成熟的少妇,她面颊褚红,粗衣布裙包裹不住果实的诱人芬芳。这是多么美好的季节,丰收的土地已经掩藏不住它的慷慨。

羊角锄高高举起,两个尖长的铁齿划出一道白色的曲线,迫不及待地扑入土地怀中。于是,蓬松的泥土四下溅开,羊角锄揭开了红盖头,哗啦一声,一窝紫红的番薯像一群羞赧而热情的姑娘,一下子奔涌到面前,圆滚滚、沉甸甸,手拉着手,你拥我挤……

那时候我总是很疑惑,这些贫瘠的土地为什么能孕育出这么多丰满的番薯来。后来我想通了,乡下的母亲干瘦如柴,不也用香甜的乳汁把一个个孩子带大,养得像番薯那样水灵吗?

番薯外表粗糙,内里却是水灵的,没错。它们长得很结实,硕大的番薯要用很大的劲才能用刀剖开。鲜红或乳白的果肉,马上溢出了汁液。我们站在地头,任秋天的风吹拂敞开的衣衫带走细汗,用手掌擦擦泥巴,就啃起番薯来。这是多么清新的气息,汁水甘甜,还带着阳光的味道,带着泥巴的芳香。

你简直猜不到一畦地可以收上来多少番薯,也永远猜不到下一窝番薯会不会比这一窝更多更大。秋天就这么生动地交代了一切,稻谷橘子板栗番薯还有鲜红的辣椒以及金黄的柿子,压弯了扁担以及农民的腰。风车上拙扑的墨迹写着颗粒归仓,于是接下来几阵秋风之后,霜就来了,秋天也悄悄地歇息了。

谁人舂出香甜长

小朋友喜爱吃麻糍。下班回家,路上听见有麻糍的叫卖声,就会买上几颗,一路上用竹签挑着边走边吃。那卖麻糍的声音,是用电声喇叭录放的:麻糍麻糍,又香又甜,不香不甜不要钱……电声喇叭的声音很不好听,但这叫卖声老是重复香甜的字眼,倒并不显那样讨厌了。

老家浙西乡下也有吃麻糍的风俗,可惜我对家乡风俗一直不关心,至今不知何时才是吃麻糍的节令,依稀记得似乎是清明、中秋或冬至罢。如今吃东西不讲究节令,想吃了便做来吃,似又少了小时那一样盼望和等待的心境了,麻糍的滋味会不会也不一样了呢。

上一回带着小朋友回老家,母亲听说她喜欢吃麻糍,便要做些来吃。大柴灶里烧旺了火,将半锅水煮沸;糯米洗净,先要浸泡两日,再入饭甑置于锅中蒸。饭甑这物城里是很少见了,木头制成,看似小水桶,是老家从前煮饭必用的炊具。清早大米倒入滚水锅中,煮至将熟未熟时,用竹编的捞笊捞起饭粒,沥干倒入饭篮中;锅中剩下的,继续煮,这米粥是浓稠清香,十分养胃。午饭和晚饭,便用饭篮中的饭粒倒入饭甑,复置铁锅内,注水,没部分甑脚为宜,猛火蒸之,蒸汽在甑中氤氲,至饭熟时开甑盖,其上凝有粒粒水珠,有清凉解火之效,老辈人常用碗接了,搽小孩烂嘴角,竟有奇效。

糯米在甑中蒸时,我一边烧火,一边舂芝麻粉。芝麻也是自家山坡上种的。舂具是一个铁制碓臼,比巴掌略大些,铁杵捣下,四边的芝麻便自翻滚下落,一会儿便香气四溢了。约一刻许,芝麻已成粉,拌糖备用。此时饭甑中蒸汽冒出,生米已煮成熟饭。便整甑地端出,倒入一大石臼中,我执木杵,母亲执净水,立于旁。我高高举起木杵,一次次击下,将饭粒捣烂。母亲则不时将白白的麻糍翻滚。舂时,木杵一端须不时醮水,免使饭粒粘杵。约数百下,麻糍还是滚烫,石臼中一团绵烂。取下一小块,放在芝麻糖内滚翻几下,吃起来软韧香甜,美味可口。

麻糍的吃法,还有用油煎了吃的。以小米粥汤就之,十分美味。

麻糍糯沉,不易消化,肠胃不好者不可多食。周作人小时也是最爱吃麻糍的,《越谚》中有说麻糍的,"糯粉,馅乌豆沙,如饼,炙食,担卖,多吃能杀人。"周作人便在《卖糖》的"附记"中写道:"……末五字近于赘,盖昔曾有人赌吃麻糍,因以致死,范君遂书之以为戒,其实本不限于麻糍一物,即鸡骨头糕干如多吃亦有害也。"

麻糍的滋味,更多的是思乡滋味。那一次在老家舂麻糍,留下的纪念是,左手掌上一粒血泡,一周后方才慢慢消去。至今在城里,很少吃到故乡的麻糍,街上买来的,总觉得不是一个味儿。问了才知,那是机器制出,又怎会有记忆中那弥漫着炊烟、饭甑、石臼味道的绵绵香甜呢。

秋的味道

是有一些高远的。如湛蓝天空里飞过的雁阵,传来几声鸣叫,村庄瓦背的炊烟直直上升,化为云朵。这不禁让人想到,是秋天了。

我的阁楼,在六层,仿清建筑的飞檐翘角,比死板的鸽子笼是好了许多。然而从窗口看出去,却看不见一棵树,只看见四五座太阳能热水器,在阳光下泛着银亮,还有一些影子,斜斜地投照在黛黑的瓦背上。看不见树叶由绿转黄,或在微风里悠悠地飘下,这样的情状,让我不知季节的更替,更失去对大地的亲近,有一种高高在上的飘浮感。

露台上,原来种了两盆绿色植物,仙人球和夏威夷竹。花鸟市场的卖主说,这是植物中最好养的,技术难度几乎为零。我高兴地搬回家来,养了半年,先后慢慢地黄萎了。我很不解,在老家农村的土地上,每一样植物,落地即能生根成长,我小时胡乱植下的枫树已经成景,植下的桃树的果实,已经被全村的孩子尝遍——那些孩子,我已是全然的不认识了。在露台上,我把花盆里的泥土翻倒出来,发现它是干瘪的,完全没有活力,当然更没有蚯蚓。这样的泥土,它是死的。

有一次在菜市场,从一个城郊的老太太手里买了几只红薯。这种红薯,破开后有白奶溢出,稍稍在阴凉处放一些时日,便宜于煮米粥吃,甘甜无比。有一只红薯,放在下水道边忘了吃,发现时已经在茎块上拔出了四五条手指长的嫩苗,长得茁状喜人。我想了想,便把露台上闲置的花盆利用,去江边挖取一些黑泥,将那红薯种下。几阵谷雨后,露台上承接了雨露,薯藤长得飞快。我又剪取几段藤,扦插在其他盆中,不久绿油油的薯叶已经铺满了半个露台。这让我们家人都由衷欣喜,常常登上露台来欣赏一番。

几月过去,薯藤已经很是粗壮,叶也渐渐转黄,我想是秋天了吧。它们的根部,是不是已经育结了硕大的薯块?我记得在农村,栗叶飘黄,霜降以前,农人们在地里挖红薯,那是一件饱含惊喜的农活。地底下,一锄翻开泥土,整串大大小小的红薯挂在藤上,劳动的收获感十分沉甸。我常讶异那贫瘠的土地,为何能滋养出如此甘美和丰硕的果实呢!然而花盆中的薯块我始终未去挖开,这秋天馈赠给我们的惟一礼物,像一件未知的惊喜,一直要留存到最后。

老家来人,捎来一编织袋的土货,艳红的辣椒,油亮的板栗,金黄的橘子。我又去菜场,花八元钱买了一只"簸篮",竹条编制,直径有一米以上。洗净之后,把艳红的辣椒和油亮的板栗摊晾在簸篮里,摆在露台上,让秋天的风来把它们吹干。我自己一边剥食橘子,一边看看高远的天空,觉得秋天的味道是渐浓了。

 芭蕉尾

芭蕉尾,是我家乡的一处地名。这样的名字,诗意,清凉。

那是一条长长的山谷,有二十多里地长,一条清清的溪流,溪流边多的是这一丛那一丛碧绿的芭蕉。

芭蕉是一种古典的植物,生长在唐诗宋词中。李清照写:"窗前谁种芭蕉树,阴满中庭。阴满中庭,叶叶心心舒卷有余情。"吴文英《唐多令》:"何处合成愁?离人心上秋。纵芭蕉,不雨也飕飕。"葛胜冲《点绛唇》:"闲愁几许,梦逐芭蕉雨。"

芭蕉还生长在丝竹乐中,广东《雨打芭蕉》,弦上的雨声淅沥活泼。芭蕉还生长在日本的俳句中,"俳圣"松尾芭蕉,听听这名字就多富有禅味(我一直想买他的书,怎么也买不到)。

在那条山谷里,"芭蕉尾"、"双溪口"这样的小地名,有二三十个,一个一个罗列下来,就是一首词了。

芭蕉尾的人家,只有一百余户,零零散散隐在山与树中。山谷深处,有一面石壁绝立,有如武侠小说中所写"绝情谷",崖上野百合丛生。上次去时,村里当了37年会计的老何陪我,说这

绝壁中有仙药,如"滴水珠",是治蛇伤的良草;"金丝葫芦",小孩发热不适,服之即愈。传言,华佗曾来此采药,所以这石壁所处之地,就被叫做"华佗坞"。

芭蕉的好处,除了身姿和意境美,也实用:芭蕉的根系繁盛发达,一丛芭蕉扎在溪边,就像一个水泥墩。山洪冲下来,推着数百斤重的巨石轰隆隆滚过,可绿绿的芭蕉还在;雨后青山如洗,芭蕉叶绿得很纯净。

芭蕉也可药用,大寒。小时脚上生痈,掘几根芭蕉根须,碓成泥,敷热痛处,二天即愈。

芭蕉尾有小气候,比山外的气温要低四五度,夏天,城里人进山去,吃野菜、睡竹床,梦里都是雨打芭蕉声。

我已经三四年没有回去芭蕉尾了。

想起童年的红蜻蜓和天牛们

夏天的傍晚,太阳下山了,晚霞映照在水面,这时常常会有许多蜻蜓出现。我不知道它们是从哪里飞出来的,那么多,飞得很低,在门前的院子里飞舞。它们的翅膀红色透明,在霞光的映照下,闪烁着金色的光泽,是那么漂亮。

我在小学二三年级的语文书上看到过捕虫的网。课本是有彩色插图的,画中一个小男孩举着网,朝一只蝴蝶罩过去。那时候我不解,因为我只见过捕鱼的网,从来没有见过捕虫的网;鱼可以吃,蝴蝶拿来做什么呢?一个小孩是做不成那么精致的网的,大人每天忙着种田挖地割草养猪,他们会闲得没事,做捕虫的网来玩吗?

没有网,我却有自己的办法,从柴堆里抽出一根干燥的竹枝,抖一抖,枯黄的竹叶就纷纷掉落了。这样的竹枝可以用来扑打蜻蜓,我举着竹枝在门前草地里跑。红蜻蜓在飞,飞得并不慢,可实在是因为它们太多了,我每次用力挥舞竹枝打过去,总能命中一两只。倒霉的那个,像电影里被击中的飞机,旋转着一头栽落在地。更倒霉的,是在空中已经被拦腰截断,它细长的腹部先掉落下来,美丽的双翅连着笨重的头胸,像降落伞一样也掉落在地。

接下来的游戏,是在地上找过路的蚂蚁。那些蚂蚁整天忙忙碌碌,似乎搬家是它们一生最重要的事。我拿着半截蜻蜓,放在蚂蚁必经的路上,远远地有一只蚂蚁跑过来,用细触角碰碰,然后欣喜万分地登上这座大山,这可是一大笔横财呢!天牛也是男孩子最喜欢的甲壳虫。放学路上的灌木丛里,藏着我们的无数惊喜,有时能捉到蝉,有时是萤火虫,后者在白天看起来几乎微不足道,丑丑的小个子,灰色的外表,很不起眼,但是放在玻璃瓶中,晚上居然会发出淡黄色的萤光……

这些昆虫后来就从我们的视野里消失了,也许是少见了,也许是我们长大了,再也不屑于玩虫子了。人越长大,就有越来越多也越来越重要的事情等着你去做,人们都在为那些"人生大事"殚精竭虑,一个一个争先恐后地离开田野和村庄,早已看不见天牛和红蜻蜓的美丽。

一本精致的书,让我回忆起这些。软精装的小 32 开本,像夏天的早晨一样清新亮白的底色,上面写着"东京昆虫物语——46 则与昆虫相遇的抒情纪事",一只朱红间黑的细食蚜虻悠然飞行。在都市里,可能遇到昆虫吗?拥有"春神"美称的柑橘凤蝶、夏季来临先声的蟪蛄、喜欢呆在浴室瓷砖上的灶马、传说中抓了会遭天谴的黑翅珈黑底白条翅膀如恶魔斗篷的萤蛾、怪兽哥斯拉原型的大水青蛾、会发出恶臭的食蜗步行虫、全身散发金属光泽的日本虎甲虫……

作者泉麻人是东京人,著名的专栏作家,它用怀旧清新的文字,描述了46则与昆虫相遇的动人篇章,他写那些记忆深处的昆虫,不仅复活了它们的颜色、形状、体形、姿态、神情,还写出了它们的气味,那些属于昆虫的独特气息也是记忆一部分,淡淡的怀念叫人微醺,也夹杂着一些莫名的失落。

煎红椒

秋老虎未离去之前,太阳总是毒辣的,江南的天空也完全失却了温柔。秋凉将来未来,此时的辣椒是饱含了辣味精华,它个头不大,红里透着紫黑——是辣椒树到中年,夏意正酷之时方才结的果,心力不济,且成长中实在缺乏雨水滋润——自然不复有"兄长"们的水灵饱满和多汁,又多饱受阳光烤验,禀赋尤显坚毅,性格暴烈,像是隐匿了愤怒的野火。

这和那些"卜山椒"又是不一样的,"下山椒"是辣椒树们用尽最后的青春开花,一粒粒青青的小椒挂在叶子渐疏的枝头,还来不及蓄势成长,季节就要逝去了——这些小秋椒还是青涩的;村人们将辣椒连树拔起,节俭而懂生活的村妇会一粒一粒摘下小秋椒,用一点点的菜油干煸起来,是辣椒树奉献出来的最后一碗风味小菜,供男人们傍晚在树下滋味悠长地咂酒。

而红掉的小秋椒是绝不敢这样烧来吃的,那种极度的辣,即使是最嗜辣的人也要被它辣出汗来。将辣椒树的日子再往前移,我们会在向阳的辣椒地里看见,那挂满了耀眼红色的迷人图画。是正宗的"中国红",和鲜艳饱满的姑娘们一样亮眼,是点燃了乡村的最浓情的颜色。

这样的红椒适合"煎"了吃。它完全地成熟了,肉质肥厚,辣味里会有一种甘甜。这样的红椒,适合在清晨或傍晚时采摘,井水里洗净,剖开,用刀面轻轻一拍,无数的辣椒籽就跌落了。这是讲究一点的做法。村人们烧菜,是不去籽的,因它恰好可以增进辣味;只用刀面将整颗的辣椒拍扁,油锅烧热,辣椒下锅不停煸炒,搁点盐,略略加点水,几分钟后即可起锅。煸炒辣椒,村人是老远就知道谁家烧这一碗菜的,因那油烟弥漫的辣味,一直从高大的瓦楞间钻出,在村庄里持久不散。我烧这个菜,先把去籽的辣椒在不放油的锅里不断干煸,煸得它软了绵了没有脾气了,再下油锅去炒——这招是从古清生那里学来,他也是辣椒的超级"粉丝"。然后放盐,放一丁点水,再放调好的糖醋略略收味,即可起锅。

每年夏天,我家餐桌上时常会有这一道"煎红椒",是外边饭店酒家都吃不到的美味。我所用红椒,都是正宗的土味,老家隔三岔五地派人捎来;菜场买来的红椒,不是形状干瘪死气沉沉食而无味,就是只有一味的辣,完全没有新鲜红椒特有的丝丝甘甜。若干年前我住在乡下时,顿顿离不了煎红椒,后来在杭州生活几年,极少能够吃上辣椒,即使吃上也是有名无实的菜椒——竟然味蕾从此退化,再回来时已经不太敢吃辣了——只有煎红椒,是无论如何也舍弃不了,估计已经成为个人味觉的私房密语,或者密码——用它可以一下打开逝去的光阴。

前次回老家,母亲装好了满满一袋的红椒,让我带回。母亲说,我十六七岁时的暑假,每天傍晚,和弟弟一起从门前的深井里提水,那水十分清凉;一趟一趟地拎到后院的菜园,为辣椒浇水——每天总要浇一二百桶水吧。那时光着膀子,天天浇完水后不忘测量肱二头肌的尺寸,这和浇水一样,也是十分有趣的事。后来上学、工作,离家越来越远,就再没有为辣椒浇过水了。

那一年,辣椒丰收——母亲整担整担地用自行车拉到城里去卖,傍晚时仍旧整担整担地拉回——我疑惑,城里人难道不吃辣椒吗?因此我们天天吃煎红椒,十分满足。

亲爱的白菜

在城里是会忘了季节的。城里的清晨,见不到霜。已是十一月了,一日进到遥远的大山里,发现枫叶已红,红得似火,在秋阳下暖人的眼;秋水已瘦,瘦得婉约,安静地流淌;河边山际,遍布小野菊,星星点点,金黄得如同青春往事。

清晨早起到野外,惊喜地见到田野上有霜了。草叶上,稻秆上,瓦楞上,铺着一层白,是细细的冰晶。碧青的白菜叶上,霜落了一层,看去纯洁水嫩。《月令七十二候集解》说,"气肃而凝,露结为霜"。霜其实是水汽直接凝成,与露水结成的小冰珠有别。

几天的饭桌上,都有一盘白菜。北方人所称"白菜",似多指茭菜,江浙人则把"青菜"都叫做了白菜。大的一种,高梗,叶柄肥厚,一支支合抱着成了花瓶状,腰身很是妩媚,叶则青得令人欣喜。白菜一定要霜降后的方好,拿猪油炒了,吃起来特别鲜美甘甜。秋后的丝瓜也是如此,叶也都黄了,藤枯成了国画,还用了最后的养分和心力结成几颗小小丝瓜,在架上落寞地吊着。霜一落,采来吃,不要任何喧宾夺主的佐料,只要一粒秋红椒,一起清炒了,比鸡肉还鲜美。白菜,丝瓜,这真是有点"梅花香自苦寒来"的意味了。

如果见过白菜在地里的样子,你一定会喜欢的。地是干燥,白菜却水嫩,叶柄如玉一样白,带着青,亭亭玉立。白菜是可以入画的,国画里边,春兰夏荷秋菊冬梅之外,白菜也是很多大师笔下的题材。国画大师齐白石曾有一幅写意的白菜图,画面上大棵的白菜,点缀着两个红辣椒,并题句说:"牡丹为花之王,荔枝为果之先,独不论白菜为蔬之王,何也?"可见大师对白菜的喜爱。

白菜可清炒,可煮汤,还可整株地腌成酸菜来吃。老家人常在霜后将白菜整担地收割回来,洗净了,在太阳底下晒三四天,然后一层层叠进大缸里,分层撒上盐。小孩儿这时就有任务了:将小脚洗净,整个人上去把白菜踩实。踩啊踩啊,菜叶软了,菜汁也沁出来,于是用棕叶覆盖,最后压上大石。半个多月后,冬菜就可食了。冬天里,用这样的冬菜煮鱼,炒冬笋,是极好的下酒菜肴,冬菜用肉丝和干辣椒炒了,下粥也是绝配。

久居城市的人,忘了白菜在地里的样子,也不甚知道白菜的成长,只知道菜市场里最便宜的一样是它。仍然是上次在山里,我们看到地里刚砍的白菜与城里菜场的殊为不同,那么鲜嫩,同伴中有人便点名要吃它。炒上桌时,只见都是肉片,少数菜梗藏藏掖掖。同伴大为失望,要求白菜不要搁肉,把菜叶一齐炒上来。敦朴的女主人红了脸,手在围裙上搓了半天没去炒,只说:"没肉,不好吃的……"她是把我们当客人的。后来想到,这也是城乡之别的一种呢,不禁心生感慨。

板栗从秋天跌落

九月十月,是好看且有得吃的时光。天蓝蓝,云白白,风清清,月光光,让人快活。金黄的橘子,火红的柿子高高摇曳在枝端。最让人的惦记的,是板栗滋味。

板栗生吃,甘甜。尤其在初秋时节,栗苞还是绿色,栗刺还没有硬如钢针,从枝头用竹竿去敲落,石头破开后,见琥珀一样洁白的栗子,三两粒并排躺在里面。取出,剥开外光内毛的华衣,里边是一件薄薄的衣衫,贴着肉。小心褪去,那洁白略黄的果实便在手心里,咬去,是青葱的嫩甜。

错过嫩得正好的这一时节,便索性要吃老的板栗了。栗苞熟成老黄,在枝头上颤颤崴崴,有的苞顶裂成"十"字形,风一吹便会啪啪地落下来。这时的栗果,红褐得高贵,油光发亮。这时的栗子已然显得内敛,内衣干薄,不易除去;果肉水分化去,甜味要在咀嚼中绵绵地散出。有经验的吃法,要牙好,从油亮的硬壳上纵向咬成前后两片,分别从壳中啃出肉来,如松鼠一般。这法子,免去剥两层衣之苦,是小人时为尝到果肉的猴急,然谁能说历经一番风雨之人,一点一点除去栗肉层衣,此中过程不是一种淡然的惬意呢。

把老栗子洗了,在背上砍出一道口子,放到铁锅里焖,只放少许的水。两三根枯枝在灶里哔叭燃烧,细细火苗焖一个时辰,栗子香就从锅盖的板隙里袅袅而出了,直钻人的鼻孔。再耐心候至锅内蒸汽尽逸时开锅取食,喷香粉甜,食之不厌。不开口子焖出的,其实更香,剥食却更繁琐,焖的时间也需长些。小时,我们还尝试用铁铲置炭火上煨,香气犹甚,然而一群小孩子坐着蛤蟆凳围着炭火,闻着一缕又一缕香,眼巴巴张望的情景,实在太考验耐性了,最后往往栗子还未熟透,已是全然落入胃中了。

板栗烧菜吃,在小孩子心目里,简直有些暴殄天物的意味。大人却喜欢。板栗炒肉、板栗烧鸡,确皆是美味。

用竹筛将栗子铺盛,放阴凉处风去水分,果实会更为甘甜。定要风干,不宜日晒。过一二月,天凉了,抓一把在手上,真是十分好吃。主妇悄悄收起一些,藏于阁楼之上,等到冬至拿出来裹粽子吃。那是十二分的好吃。然而有必要经常变换藏匿地点,防止家里的"小老鼠"偷吃。

想着板栗的美味,我站在城市六楼的露台上,发觉风起了。这时候,我仿佛听到头顶,栗苞炸裂,风吹枝摇,栗子便扑扑地跌落,打到叶上,打到枝桠,落在泥间。那声音真是天籁一样。接着远处又有牧童的笛声被风捎来了,接着有老牛一两声长哞……我便要在这城里,醉在记忆中的南方秋天了。

乡村酒席上的肉

江南秋天,田里的水稻和地里的番薯收回家后,农人的日子开始变得悠闲起来。于是看戏。于是娶媳妇,嫁姑娘,新房落成,都要大摆酒席。乡村的节日一个接着一个。

老家溪口的酒席,与浙西南丘陵地区多数的乡村酒席一样,有两道与肉有关的菜,沿袭若干年而不变,堪称经典。一是大块肉。肉大部分是肥的,早年的酒席上,土厨师对这道菜的烧法有讲究:切得大块,四方,又不煮透,几乎不搁酱油,白塌塌一片,咬去齿间嗞嗞作响,油会从唇边溢出。二十年前,乡人们肚里枯燥,像久旱龟裂的稻田,急需油的滋润。但这样的一大海碗猪肉摆在酒席上,许多人还是敬畏的,不敢下口,实在腻人。然也有嗜肥肉者,一块两块三四块,大快朵颐,看得旁人羡慕不已。十分嗜肉者,总是声名在外,人尽皆知,因而几乎每场酒席上都有人与他打赌:能吃两大碗吗,吃两大碗我称你一声爷!结果那人就吃了两大碗。半个月后,另一场酒席上,又有人打赌吃三大碗,结果又吃下了。那些连一块肥肉也吃不下的,直是看得心生恼火。

　　这是那物资匮乏年代,农村人关于肉的普遍的心酸记忆。然酒席上还有一道菜,曰滑肉,是讲求精致的,一般作为酒席的压轴菜,没有耐心的小孩早已把肚子吃得圆鼓,手上抓一把瓜子四处疯玩了,滑肉才姗姗来迟。有经验的大人,在酒席开桌前就会对小孩子谆谆善诱:慢吃慢吃,等会儿有滑肉……可见滑肉在乡人们心目中的分量。

　　做滑肉极费工夫,却省料,大块肉那样的一块,能做出一大碗的滑肉汤来。做这道菜,最重要的工作在烧之前,一个字,敲。把带着点儿肥的肉切片,用上好的生粉裹挟着,用锄子一再地敲,敲至薄可透光的一层。生粉是用秋天的番薯磨成浆,滤去皮渣,奶白色的浆水沉淀二日夜,撇去上层的水,复用清水搅拌并沉淀,如是者三,此一过程曰"洗";最后倒去水,将沉淀的粉捞出摊晒,干即成。这生粉与肉同敲,粉入了肉中,肉给粉以点睛,二者你中有我,我中有你,荤与素的结合成就了一个传奇。肉敲好后,在汤中稍煮即熟,再加入菠菜或番茄,加干辣椒、蒜叶或葱段少许,加少许醋,味道十分鲜美。上桌遭"抢",不是一般的受欢迎!

　　乡村酒席上的肉,两种制作背向而驰,一属豪放派,一属婉约派,是不是乡村文化的一个暗指呢?乡村是粗糙而拙笨的,人和泥土一样,又有着天生的豪爽;然而这样的粗糙背后,也有着细致的情怀,像稻花的香,深藏在夜的深处,山的深处,需要人慢慢地品才会体味得到。

　　这个秋天回老家溪口,吃到一场酒席,与十多年前一样的壮观。变化是,大块肉变小块了,加了酱油红烧,烧得酥烂香喷,却再没有人能打赌吃一碗两碗了;滑肉汤仍是一样的正宗,还是记忆中的那个味道。回城后,我试烧了两次,这活儿虽费工夫,仍值得静心去做——夫人每次都吃得连声叫好,喝个精光。

老南瓜和南瓜花

　　老南瓜我是极爱吃的。选那熟透了的,金黄金黄,重而厚实的那种,刨去壳。老家刨南瓜壳,多用锅铲,刮擦刮擦,连那响声也好听。刨壳后剖开,掏出黄红的瓤,漂在脸盆中。待到饭后无事,再来把瓤中的南瓜子一一挤出,于太阳底下晒干,留到冬天落雪时,在铁锅中炒熟,那叫一个香,香飘十里!一群人围炉吃南瓜子,那叫一个惬意!

　　再说老南瓜。将那去壳老瓜洗净,切成不厚不薄的片,锅中油烧热,下锅猛火煸炒,再以文火略煨至烂,洒少许野葱或韭菜,上锅——甜、糯、香、鲜,那味儿真比红烧肉还好!

　　每回在单位食堂吃饭,遇上有老南瓜一道菜,那便是我的节日了——必吃两大碗饭,临了再把菜、汤、饭混于一盆,风卷残云,几乎连碗都可不洗——令我奇怪的是,说老南瓜不好吃的,竟也大有人在!

　　读闲书,知道在南泥湾时,军民艰苦奋斗,曾有一段日子只能天天吃那"南瓜煮饭"——刚看到这一节时,我差点觉得是这著书人瞎编,天天有南瓜饭吃,那是神仙过的日子!后来想,南瓜煮饭,没丁点油花,没丁点佐料,可能真的好吃不到哪里去。反正我是没吃过。

秋天回乡下老家,总能见到老屋墙角风车边堆叠着一个个憨态可掬的老南瓜。老母亲说,你喜欢吃老南瓜,就用编织袋装些去!趁着一段日子天气晴好,母亲会把那些老南瓜全部切成薄片(老南瓜质地很硬,我半个切下来握刀的手就痛,而母亲要切几十个!),再用箩筐挑到河滩上,薄薄地铺展,铺得河滩一片金黄。为什么要铺在河滩上?因为太阳晒在河滩的鹅卵石上,南瓜就干得快。河滩上干净吗?很干净,溪水长年累月地清洗过,阳光长年累月地晒过。每天傍晚,母亲再把那些金黄拾起,又挑回家。如是五天,或十天?我记不清了。后来乡下造了新楼房,母亲再不用挑到河滩边了,直接晒到楼顶,方便很多。南瓜片晒干后,加适当比例糯米粉及油盐酱醋生姜辣椒等十余种花样,盛于木甑中蒸熟,又摊在簸箕中晒干——"南瓜干"成也!这又是世上少有的美味之一。

除老南瓜外,新鲜小南瓜切丝炒起来也是一道菜。但我还吃过南瓜花!小时我放学回家,母亲也刚从地里忙活回来。母亲说,做道好菜你们吃。便到屋角南瓜藤中,拣那开得最新鲜最大朵的花,把花瓣折下,并不伤及花蕊,那些蜂儿蝶儿照样能使其结果。把南瓜花用开水一烫,去了花上的细毛,下锅,加水,以番薯粉略略勾芡即可起锅。这道菜,汤透明、色金黄、味鲜美。

多少年以后我听说城里的浪漫女子有泡玫瑰花瓣吃的。我觉得这远没有我们当年吃南瓜花那么浪漫。

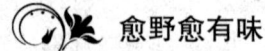 愈野愈有味

家野之争

当许多人觉得自己的"核心处理器(CPU)"日显迟钝而跟不上社会前进的节奏时,他们同时不无惊喜地发现另一部分潜能正被充分挖掘出来,比如作为"高级知味分子"的舌头即是如此。证据之一是,对于诸如家猪与野猪、家鸡与野鸡、家花与野花之类的分水岭,感觉愈来愈敏锐进而能一针见血地分辨出此间巨大的差异性。这一变化着实令人欢欣鼓舞。

在"家"尚未面世之前,所有的猪、鸡、花都是野的,我们的先人口福不浅。"家"了之后,人类的饮食结构发生了天翻地覆的变化,人们不用需要漫山遍野地追逐奔跑半天才能猎获一只兔子了,而是煮饭前拉开圈门,就能牵出一头驯养并成功繁殖、肥肥壮壮的猪来。于是宰了,于是人们经常能闻到肉香了,"三月不知肉味"成为被翻过去的历史。

在生物进化方面,历史上有两个说法很知名。法国博物学

家拉马克认为,生活环境能够改变生物体的形态结构,而后天获得的性状能够遗传,简言之,"用进废退"。他是这么解释长颈鹿的长颈由来的:长颈鹿的祖先经常伸长了脖子去吃高处的树叶,脖子受到了锻炼就变长了,而这一点遗传给了后代,因而长颈鹿越来越长颈。然而在达尔文看来,长颈鹿并非"用进废退"的结果,而是因为长颈鹿的祖先中,少数分子脖子够长,在环境恶化时能吃到更多的叶子而生存了下来,一代代优胜劣汰,于是有了长颈鹿。

为何时至今日,人们仍然念念不忘"野味"之唇齿留香呢?这似乎是一场旷日持久的家野之争,养尊处优的"家字辈"至今没有胜出。套用上述理论来说,是因为进化了的"家字辈"没有继承到"野字辈"的优点,还是"野字辈"仍然高人一招,吃到了更多的树叶?历史是本糊涂账,我们真的不得而知。

去年冬天回老家听到一件趣事,邻村有一风景秀丽处,珍禽异鸟栖息无数。一老农从林中过,拾得无名鸟蛋数枚,回家后放入鸭舍,由母鸭负责与鸭蛋一窝孵化。一月后,鸟鸭俱破壳而出。再一月后,母鸭率领一群雏鸟雏鸭蹒跚学步满地走,好一幅和谐自然之喜人画图!又一月后,雏鸟能飞,老农亲见三四只鸟儿领着母鸭腾空而去,直入丛林深处。闻者皆称奇。我想,此事说明:一、指不定谁进化谁;二、心有多大,天空就有多大。

食野成风

都说粤人味蕾发达,"食野成风",始信矣。

前几日傍晚下班,见一男子骑电动三轮车,拉了一车毛茸茸野物往一偏僻处所去。出于职业嗅觉,我便骑着自行车尾随,直到马拉松结束,三轮车终在浙赣铁道边一不起眼小院停住。我佯装要买肉,径去看,只见地上躺了一头野猪,四足被缚,嗷嗷叫唤;旁数只笼内,黄麂安静地囚在里面。我始终没法忘掉麂的眼神。从前读人家的小说,读到女孩子"那双小鹿一样的眼睛"。那天我看到了。

  与男子攀谈中知道,这些野物是钱江之源丛林中捕抓而来,晚上从这里上火车,直达第二日广州人的午餐桌,到了第三日,就成为排泄物转入广州城的地下管道中。尽管后来我知道,这个野生动物中转站是"依法"的,然而我仍然无法忘记一瞥之下笼内的那些眼睛。它们原是属于山野的。

  野猪和黄麂非国家级保护动物,允许"限量"捕猎。我小时,外公有一杆猎枪和一条猎狗,月夜他就上山打猎,后半夜,他与狗各载战果若干而归。外公家的泥墙上,绷了不少虎皮、狼皮、野猪皮。那时我是吃了不少不明野味的,都是外公清理好了,送到我家来的。然而我的记忆中,关于那时野味,竟是一点儿的异美滋味都没有留下,不知幸或遗憾。

  "野味之逊于家味者,以其不能尽肥;家味之逊于野味者,以其不能有香也。家味之肥,肥于不自觅食而安享其成;野味之香,香于草木为家而行止自若。是知丰衣美食,逸处安居,肥人之事也;流水,高山,奇花异木,香人之物也。"对于家味与野味,闲人李渔认为,"鹅以固始为最……豢之之物,亦同于人,食人之食,斯其肉之肥腻亦同于人也。尤之豕肉以金华为最,婺人豢豕,非饭即粥,故其为肉也甜而腻。然则固始之鹅,金华之豕,均非鹅豕之美,食美之也。"言下之意,家养之畜的肥美,足够人们来消受,完全没必要吃什么野味了。

现今城里的贵人,"丰衣美食","逸处安居",缺的反是一种"野性"了。不管信或不信,人们总是寄望于从自然界摄取种种养份,吃啥补啥,且想补哪个部位就补哪个部位。野花总比家花香,各色野味的此类"唯心论"价值,已大大超出其维生素、氨基酸之类的营养价值。野生动物交易列于武器、毒品之后,跻身世界暴利三强行列,原因不言而喻。

倘若野猪黄麂穿山甲们有知,它们有时或许会想:既是野物,这辈子总免不了被这样那样东西吃了的。而倘它们又知,如今世人以吃到它们为一种身份的象征,或许还会高兴那么一下下吧。

最小的舅舅长我5岁,他16岁时跟人学做木匠,外公亲手做了一个墨斗送他。那墨斗的定针是用麂角做的,很是漂亮,钉于一端,拉出长长的墨线一弹,笔直的黑线就打在了木料上。我小时颇喜欢看小舅做木工,刨花是香的,此外,那只墨斗让我喜欢。

舅舅改行,做了机械工人。我一直想找到那只墨斗做纪念,已不得。

记忆中的草香

青草割刈后,有一种清香,是我喜欢的。

黄昏的时候,经过一片公园的草地,远远闻见风里有草香。不用看我就知道,一定是园林工作刚刚修剪过了草地。青草极富生机,细弱的草叶里一定蕴藏了许多汁液,但它在平日里,一直内敛地保存着那些香气。切割机走过之后,无数的草叶被撂倒,新鲜的断面一下溢出了香气,混合了阳光的气息,清新,带着一些些苦涩和凉意,浓郁地弥散着——我贪婪地吮吸,因为在我看来,实在没有比它更好闻的香气了。

然后我就想起,小时候,我在乡村度过的岁月,曾无数次闻过这种草香。在田野里,稻子成熟了,金黄的色彩铺陈到天边。江南的稻子,熟两季,早稻收割和晚稻栽种,紧紧地挨在了十天半月里,酷热的艰辛日子。

开镰前一天,人们从角落里翻出一把把镰刀,放到磨刀石上一遍遍地磨,直到它重新焕发出精神的光彩。积了尘的稻桶也搬出来,浸在门前的水塘里,并给每一个齿轮上油……这些工作做完，人们就早早地睡了。通常，我是在大人的摔倒揉下起床的，换上旧衣服，拿一把镰刀走出家门。走在田埂上时，露水打湿了裤管，我还没有从睡梦里完全醒来。抬头，可以望见月亮高高挂在山边。

我们摸索着下到田里。左手揽过一行稻子，右手挥动镰刀割下去……很快，刷刷声就响成了一片，稻香愈来越浓郁了。

现在想起来，割稻是一件令人生畏的苦事。且不说晨昏之间牛蝇和山蚊的毒辣，水田中蚂蟥的可恶，谷芒和稻叶在皮肤留下道道令人奇痒难耐的血痕，还有亮晃晃的太阳企图榨掉我们身上的每一滴水分……单是那脱粒的过程：一脚踩动稻桶的踏板，不停的抬腿、下踏、抬腿、下踏，无穷尽地重复这一动作；双手搂定稻把，放在嵌有三角形铁齿钉的流通筒上翻动，谷粒飞溅，落入方桶中——这一过程，极其地费力气，不多时已是气喘如牛，整个人如在水中浸过一般，浑身上下湿透。

整天鼻中吸进空气里，都是稻草割刈后的香气——然而那时筋疲力尽，根本没有一丝丝多余的力气去想这些浪漫主义的东西，心里只有尽快完成任务的迫切愿望。只有傍晚农活干完了，整个人虚脱了一般，在新鲜的稻草堆里躺下，才能闻见，身下的泥巴和着新鲜的稻草，散发着持久的质朴的香气。

如今我真的已有许多年，没有握过割稻的镰刀了，然稻草收割过后的香气，深印在我的心中，与当年自己及所有农人的辛苦劳作系于一处，无法磨来。每一次闻到青草香，我会自然而然地想起田野和村落，想起无边的稻浪，还有一轮朗月挂在场院的树梢。